Jean Blum

AU TRAVERS DU MIROIR

De Platon aux N.D.E. : Après la vie… la vie.

Thélès

Recevez gratuitement le catalogue de nos dernières parutions
sur simple demande en écrivant aux:
Éditions Thélès – 5, rue de Castiglione – 75001 Paris
ou par téléphone au 01 53 45 27 63

Texte intégral

ISBN 2-84776-026-1

À mon cousin, René Marie, qui, par la musique et la peinture, témoigna de la beauté, puis revint à la Source, son œuvre étant accomplie.

À André Maynard, grand poète d'Oc, parti au dernier printemps du XXe siècle, qui ouvrit d'invisibles portes à ses amis et admirateurs dont je m'honore d'avoir été.

À ceux qui ont traversé, traversent, traverseront, le séjour d'errance qu'est notre univers aux mille mystères. Ils participent à un dessein qui leur échappe souvent. Hugo savait-il: « La Nature connaît le grand secret et sourit » ? Et Bergson : « L'Univers est une machine à faire des dieux. » ?

Chercher semble, pour les humains, l'un des devoirs premiers.

Du même auteur :

Le message des cathares.
Éditions de Ferrières, 1982.

Les cathares ont écrit.
Éditions de Ferrières, 1983.

Guilhem Blasquo, un fils du Languedoc cathare.
Le Léopard d'or, 1985.

Les cathares, mystères et initiation.
Le Léopard d'or, 1985.

Mystère et message des cathares.
Éditions du Rocher, 1988.

Du Graal au secret de la mort joyeuse.
Éditions du Rocher, 1991.

Rennes-le-Château, le secret des hérétiques.
Éditions du Rocher, 1994.

À la recherche des cathares.
Éditions du Rocher, 1997.

Arnaud de Caillens, au cœur des mystères cathares.
U.T.P. Montpellier, 1999.

Avec Charly Samson
Rennes-le-Château, une énigme résolue ?
U.T.P. Montpellier, 1999.

« Aucun médecin ne peut réellement s'occuper de malades graves ni d'agonisants avant d'avoir pris conscience de sa propre mortalité. Malheureusement, nos écoles de médecine ont oublié cela. Elles jettent chaque année sur le marché des milliers de jeunes docteurs non initiés qui refusent de penser à la mort. Les écoles ont oublié de très anciennes vérités. »

« J'ai toujours dit que la mort peut constituer l'une des plus grandes expériences que l'on puisse connaître. Si vous vivez chaque jour de votre existence dans la droiture, alors vous n'avez rien à craindre d'elle. La seule chose qui soit éternelle est l'amour. »

Dr Élisabeth Kübler-Ross[1].

« Mon seul espoir est que ce livre attirera l'attention sur un phénomène qui est très répandu et soigneusement caché. »

Dr Raymond Moody[2].

---

1. Dr Elisabeth-Kübler-Ross : *Mémoires de vie, mémoires d'éternité*, Éd. Jean-Claude Lattès, 1998.
2. Dr Raymond Moody : *La vie après la vie*, Éd. Robert Laffont, 1997.

« Les sujets N.D.E. ont un accès direct à un univers qui existe réellement en dehors du temps et de l'espace. »

Dr Kenneth Ring[3].

« La réponse est connue depuis la nuit des temps, mais chaque époque doit la reformuler à sa façon. Pour ma part, je dirais que c'est une illusion assez grossière que de voir en chaque être humain une réalité indépendante. À un certain niveau, nous relevons tous d'une seule et unique entité. »

David Bohm, *spécialiste de la physique quantique*[4].

---

3. Dr Kenneth Ring : *Projet Oméga,* Éd. du Rocher, 1994.
4. Patrice van Eersel : *La source noire,* (citation de David Bohm) Éd. Grasset et Fasquelle, 1986.

Prologue

La vie et la mort forment ensemble une interpellation sans fuite possible. L'humain peut s'en abstraire en une parenthèse ; un deuil, une maladie grave le ramèneront à l'interrogation fondamentale. Vivre n'interroge guère que les philosophes et les grands souffrants. La mort, elle, est généralement ressentie comme posant un sérieux et souvent angoissant problème. Aussi loin que l'on remonte dans le temps, l'on distingue trois schémas, interférant plus ou moins, au travers desquels l'humain considère la mort. Sa mort.

Le premier. La vie est un simple épiphénomène engendré par un univers incompréhensible. Purement organique, la conscience s'éteindra au dernier souffle. Dans cette optique, la variante accordant un sens à l'univers ne change rien à la finitude humaine.

Le second. C'est celui que prônent les religions « du Livre ». Dieu règne sur l'univers qu'il a créé. Il ne veut pas la mort véritable de sa créature privilégiée. Survivance d'un principe spirituel, résurrection de la chair sont ici en concurrence. Quelle est la clé d'un heureux dénouement ? L'obéissance à une loi transmise à un prophète et à ses continuateurs fédérés en une institution religieuse. Entre les trois religions-sœurs, en guerre perpétuelle chacune contre les deux autres, le problème consiste ici à bien choisir !

Le troisième schéma regroupe des adhérents d'apparence disparate : Kabbalistes et adeptes du Zohar, gnostiques et contemplatifs chrétiens, soufis de l'islam, pratiquants des religions asiatiques toutes tendances confondues, ascètes en tous genres et de toutes ethnies. Quel postulat, quel objectif réunissent-ils les membres de cette troupe hétéroclite ? Le postulat : chaque être humain porte en soi une étincelle de Lumière, de divin, bien dissimulée sous les illusions de la conscience habituelle. L'objectif : ranimer cette étincelle divine et la « connaître ». Ainsi, lorsque l'heure viendra de franchir le miroir, le chercheur adhérera-t-il aux splendeurs de la Lumière qui aura déjà métamorphosé son existence terrestre. Retenons ici le concept des « noces spirituelles » par lesquelles le candidat parvenant à l'éveil atteint à ce que, faute de plus de précisions, nous nommerons une conscience modifiée.

Un état de conscience modifié, voilà bien le moindre qualificatif possible pour l'expérience que vivent des êtres frôlant la mort et revenant de ses rivages métamorphosés, disant s'être ressentis tout à la fois « Je et l'univers tout entier ». Phénomène nouveau, marginal ? Je montrerai dès l'abord que ce phénomène est aussi vieux que le passage du miroir. Marginal ? Les pionniers de la N.D.E. (Near death experience : expérience de mort imminente) savaient bien que tel n'était pas le cas. Le sondage de l'institut Gallup : 8 millions d'Américains, soit près de 40 % des personnes ayant frôlé la mort, quantifie le phénomène. Et, je puis l'attester, il demeure identique et le pourcentage constant sur la planète entière.

J'évoquais un peu plus avant la notion de conscience cosmique. Il se trouve que des expériences scientifiques très concrètes vont dans ce sens qui eut semblé impensable voici quelques décennies.

De toute évidence, il est une parenté très affirmée entre la supra-conscience des voyageurs de la N.D.E. et celle des ascètes ayant recherché l'éveil. Proximité de la mort dans le premier cas, ascèse conduite de manière très « technique » dans le second. L'état que les expériences conduites par des physiciens commencent à dévoiler, sans encore en définir l'essence et les caractéristiques. Si voyageurs et éveillés accueillent cette conscience, quel superlatif choisir pour en évoquer la splendeur et le rayonnant amour que, selon tous les témoignages, elle dispense ?

Les techniques d'éveil se perdent dans la nuit des temps ; l'équivalent des N.D.E. était décrit par les philosophes pré-socratiques. Il n'en demeure pas moins que la fréquence des N.D.E. n'a cessé de croître en un demi-siècle. Pourquoi ? Des évidences viennent à l'esprit : les techniques actuelles de réanimation permettent de ramener à la vie terrestre des blessés, des malades qui n'eussent pas survécu voici quelques décennies. D'autre part, des voyageurs parlent aujourd'hui, prenant conscience du caractère très répandu de leur expérience ; une certaine timidité, la crainte d'être taxés de folie et soignés comme tels les eut peut-être murés dans le silence, il n'y a pas si longtemps. Il est peut-être d'autres raisons, moins évidentes.

La planète Terre vit actuellement une période bien étrange. Accélération foudroyante de la démographie, progrès techniques extraordinairement rapides. Simultanément, exacerbation des égoïsmes, déclin des valeurs porteuses de beauté, de sérénité. Pour couronner le tout, l'humain a compris que $E = mc^2$, autrement écrit, que la vie peut être presque entièrement anéantie sur la planète en quelques minutes.

Il se trouve de bonnes âmes pour voir en tout cela l'approche d'une transition clôturant un âge de fer et ouvrant sur un âge d'or. Antique tradition non vérifiable objectivement. Plusieurs fois accomplie, à en croire ses tenants, cette transition voit d'innombrables moutons de Panurge sombrant en un magma sans échappatoire. Tel semble être le cas actuellement. Et, à l'opposé, des êtres retrouvant le chemin les conduisant à la Lumière que tout humain porte en soi, mais peu envisagent seulement de rechercher. Ceux-là joueraient un rôle capital dans l'heureux achèvement de la transition.

Et veillent des chercheurs, menant parfois un combat d'arrière-garde contre la folie ambiante. S'interrogeant de plus en plus sur leur rôle en ces temps très particuliers.

PREMIÈRE PARTIE

Le voyage

On l'a toujours su

Ou du moins certains l'ont su et l'ont plus ou moins clairement exprimé ; d'autres l'ont su et se sont bien gardés de l'exprimer ; des religions l'ont enseigné, presque toujours sous une forme voilée ; des sociétés secrètes l'ont enseigné à leurs membres de haut grade et ne l'ont pas divulgué aux masses. Certes, ils l'ont su ; mais qu'ont-ils su ? Que la mort n'était pas une fin ; que l'on revenait parfois du séjour des morts porteur d'impressions, d'un vécu fort précis. Que, parfois, le passage donnait lieu à une rencontre sublime avec la Lumière, ce que rapportaient des rescapés *in extremis*, et que tout le vécu spirituel de ceux-là s'en trouvait radicalement transformé. Je ne vais pas entreprendre ici un très long inventaire, simplement donner à entendre que les découvreurs des expériences de proximité de la mort (N.D.E.) se trouvaient dans une situation comparable à celle de Christophe Colomb… à une nuance près : ils pensaient découvrir un fait nouveau, n'ayant pas été informés auparavant des ressentis *pre-mortem* comme Colomb l'avait été du continent pas encore nommé Amérique.

Quelques écrivains

On trouve des narrations de voyages dans l'Au-delà chez des écrivains pré-socratiques : Parménide, Anaxagore, Héraclite, Empédocle. Les deux premiers, surtout connus comme philosophes, ont évoqué le passage en termes rappelant l'entrée dans la Lumière. Pour Parménide, les filles du Soleil accompagnaient l'élu jusqu'à la Lumière. Empédocle, voyait en la manifestation l'affrontement du Bien et du Mal, ce qui faisait écho à l'enseignement de Zarathoustra. Il évoqua beaucoup le passage... et voulut l'avancer en se précipitant dans l'Etna. Ce qu'eût désapprouvé Zarathoustra ! Socrate n'écrivit aucun livre ; il n'en demeure pas moins le personnage clé de la philosophie grecque. Pas seulement de la philosophie ; la façon dont il alla à la mort n'évoque pas celle d'un stoïcien courageux, adepte de Zénon, supportant au mieux ses malheurs ; Socrate le dit en souriant à ses disciples : il savait où il allait.

Platon, avec le « mythe » d'Er de Pamphilie (La République), racontant l'aventure d'un soldat réputé mort et revenant à la vie avant que sa dépouille ne soit brûlée, fait état d'une décorporation limitée à l'entrée en un monde différent, ni vraiment pur, ni vraiment mauvais. À l'image de la Terre. Si j'ai placé des guillemets entourant le mot « mythe », c'est bien parce que les chercheurs un peu sérieux savent bien qu'un mythe ne surgit jamais du néant. Platon insista beaucoup sur la notion d'archétypes ; or, les images archétypales semblent se retrouver en beaucoup de N.D.E. Ce que nous décrit Platon, avec Er, c'est un deuxième stade de N.D.E., toutes n'ouvrant pas sur la communion avec la Lumière.

La prééminence du christianisme triomphant explique peut-être la disparition d'éventuels textes d'avant-christianisme dans l'Empire romain. Domaine réservé. De même, il n'était pas permis à un écrivain d'empiéter sur le domaine du porteur officiel de la connaissance et du salut.

Dante le fit, cependant, avec sa *Divine comédie* conduisant le lecteur dans les divers séjours de l'au-delà. Goethe – qui avait traité des sujets très métaphysiques – vit la Lumière au moment de sa mort : *mehr Licht, mehr Licht* (davantage de lumière) et, selon les témoins, ses derniers regards en étaient extasiés. Dickens, en ses *Contes de Noël*, nous montre un certain Scorge, fort peu avenant jusque-là, revenir d'un rêve en forme de N.D.E. complètement métamorphosé. Victor Hugo, autre grand visionnaire, nous dépeint la radieuse Lumière envahissant le regard de Jean Valjean au moment du grand départ. Tolstoï nous montre un Ivan Illitch mourant d'une manière qui eût fort intéressé nos modernes spécialistes de la N.D.E. Exemples parmi d'autres. Et, depuis le Moyen âge, combien de « légendes » transmises à la veillée et faisant état de l'entrée dans la Lumière ?

Les religions

Ne souhaitant pas imposer au lecteur deux fois les mêmes écrits, j'évoquerai à leur place les enseignements asiatiques – toutes tendances confondues – montrant l'entrée du mort, ou de l'éveillé, dans la Lumière. Depuis la splendeur brahmanique des hindouistes que découvrent les éveillés et certains morts, jusqu'à la prodigieuse N.D.E., décrite dans le *Bardo Thödol* (Livre tibétain des morts) véritable archétype de ce que devaient retrouver les actuels chercheurs. Les Égyptiens de l'Antiquité faisaient de la mort le secret essentiel à ne dévoiler sous aucun prétexte. Il n'empêche que le lac sur lequel voguait la barque amenant les trépassés de leur séjour terrestre à celui de l'ineffable beauté peut être vu comme une traduction du tunnel conduisant à la Lumière.

Je l'ai déjà exprimé : cependant que les méditants chrétiens (comme les Asiatiques) recherchaient la Lumière en leurs cloîtres, il n'était pas question d'en faciliter l'approche à la masse des croyants. Il n'empêche que subsistent des légendes, certes invérifiables, telle celle de saint Étienne, supplicié, s'écriant « Je peux maintenant mourir, j'entre dans la Lumière. » Ce qui est parfaitement vérifiable, par contre, ce sont les dires et écrits du personnage éminent et mystérieux que fut saint Bernard : « Le salut est à rechercher en la contemplation directe de Dieu. » Toute la gnose chrétienne avait exprimé la même chose ! Sainte Thérèse d'Avila voyait Dieu sous la forme d'un pur diamant irradiant un éclat indescriptible.

Les premières versions de l'Évangile de Jean ne débutaient pas par « Au commencement était le Verbe », mais par « Au commencement était la Lumière, et la Lumière était tournée vers Dieu, et la Lumière était Dieu. » La Lumière subsiste en 1-4 et 1-5 : « En Lui était la vie et la vie était la Lumière des hommes. » « Et la Lumière brille en les ténèbres et les ténèbres ne l'ont point comprise. » Remplaçons Dieu par Brahman et la Lumière par Atman... et nous sommes en plein hindouisme !

Les soufis de l'islam cherchent la Lumière ; les textes hébraïques volant au secours d'un Ancien Testament bien triste au moins dans sa lecture première (la Kabbale, le Zohar) nous montrent, eux aussi, en cette recherche de la présence divine, le chemin du salut.

Sociétés secrètes initiatiques

Nombre de sociétés initiatiques ont été exterminées jusque voici trois ou quatre siècles. Elles faisaient figure d'hérésies.

La Franc-Maçonnerie et la Rose-Croix sont les mouvements initiatiques les plus connus actuellement. Pas les seuls, il s'en faut. Leur propos officiel demeure la prise de conscience du divin, l'Éveil, l'équivalent d'une N.D.E. Ce qui demeure souvent théorique.

Voyage imprévu en Ukraine

Tout dernièrement, je faisais part du projet de ce livre à une consœur en l'écriture, Tatiana Kletzky-Pradère, d'origine ukrainienne. Nous parlions du mythe d'Er et elle apporta à mon moulin, une eau que je n'attendais pas : « Ma mère m'a raconté qu'autrefois, en Ukraine, on évoquait parfois l'histoire de plusieurs hommes considérés comme morts et revenus à la vie deux à trois jours plus tard, avant d'être mis en bière. Ceux-là réintégraient l'existence mais parlaient peu, s'isolaient le plus souvent possible. » Comme porteurs d'un secret à ne pas divulguer ? Qui l'eût compris et admis ? Et, à l'inverse, quelles sanctions ne risquaient-ils pas ?

On peut en effet supposer que des hôpitaux psychiatriques les eussent volontiers accueillis !

Oui, la vérité sur le grand passage a toujours été connue de quelques-uns, soit venant couronner une ascèse, soit de par un Éveil apparemment sans cause, soit à l'occasion d'un voyage sur les lisières de la mort. Mais cette vérité a été mise sous le boisseau pour le plus grand nombre.

Les nouveaux pionniers

Élisabeth Kübler-Ross

Il est certainement arbitraire de privilégier un chercheur parmi d'autres personnalités ayant marqué le passage de la N.D.E. au rang de connaissance par un très grand nombre d'humains. Élisabeth Kübler-Ross présente une personnalité tellement hors du commun et a eu un cursus si extraordinaire, que cet hommage lui semble dû.

M. Kübler, assureur à Zurich, et son épouse attendaient un heureux événement pour 1926. Il fut triple, trois filles rejoignant un garçon, leur aîné. Élisabeth ne fut pas la préférée ni de maman ni de papa, ce qui la conduisit, très jeune, à vivre un début d'autonomie. À l'âge de six ans, elle établissait dans la cave une clinique pour chiens, chats et oiseaux blessés. L'histoire ne dit pas comment ceux-là cohabitaient ! « Je voudrais devenir médecin ; c'est un rêve impossible ! » Lorsqu'elle eut seize ans, M. Kübler voulut en faire sa secrétaire, projet tellement à son goût qu'elle préféra devenir femme de ménage chez des voisins plutôt exigeants. Employée chez un ophtamologiste, elle développa ses facultés de contact humain. Son employeur remarqua sa vive intelligence et en fit la psychologue très officieuse de son cabinet. Elle travailla ensuite en tant qu'aide-laborantine.

Élisabeth a 19 ans lorsque les Russes « libèrent » Varsovie. La ville est brisée, martyrisée, en ruines, les Russes ayant beaucoup tardé à la libérer. Élisabeth répond à un appel informulé et irraisonné ; elle se rend dans la capitale polonaise où, aide-soignante sans diplôme, elle s'intègre à une équipe de médecins, infirmiers et infirmières dépourvus toujours de locaux, souvent de matériel, parfois de médicaments. Élisabeth se dévoue jusqu'à l'épuisement ; elle a trouvé sa vocation d'accompagnatrice… car beaucoup meurent. Recueille-t-elle, déjà, quelques confidences étranges ? Elle ne l'a jamais écrit.

La jeune Suissesse rentre en son pays. Elle travaille la nuit, étudie le jour, et, sept ans plus tard, contemple le beau diplôme de médecin, inconcevable en son enfance.

Elle va partir en Inde ; la mission tombe à l'eau. Elle rencontre un jeune médecin américain, Emmanuel Ross ; ils se marient et s'installent aux USA. Elle se spécialise officieusement dans l'accompagnement des mourants. Tous les exégètes insistent sur le fait qu'elle montre là une sensibilité et une compétence hors normes. Elle compatit. Elle étudie. Elle comprend les stades des dernières semaines ou des derniers mois. Le refus : non, pas moi. La colère : c'est la faute de cet imbécile de médecin… La négociation : D'accord je mourrai, mais pas tout de suite, n'est-ce pas ? L'accablement. Souvent, à la fin, l'acceptation. Mais voilà, certains mourants font un coma, un vrai, avec arrêt cardiaque, une mort clinique. Et sont quand même réanimés. Et parfois, à l'accompagnatrice compatissante et toujours disponible, ils font d'étranges récits. Ou plutôt un même récit, avec ses étapes et ses variantes. Ils se sont vus, hors de leur corps, libres de toute souffrance. Ont rencontré des parents, des amis déjà partis. Se sont sentis attirés en un immense tunnel, d'où ils distinguaient une lumière vers laquelle ils se dirigeaient. Ils sont sortis du tunnel, ont été accueillis par des « anges » en un site d'une beauté inouïe. Et, parfois, se sont unis à la Lumière, rayonnant un indicible amour, sensation absolument inconcevable sur Terre. Ils ont compris que l'heure n'était pas venue... et sont redescendus... sans plaisir particulier. Ceux-là, essentiellement ceux qui étaient allés jusqu'à la Lumière, étaient métamorphosés : ils mouraient en une sérénité incroyable, ou parfois bénéficiaient d'une rémission très heureusement vécue. Dans de rares cas, ils guérissaient... extraordinairement différents de ce qu'ils avaient été, charismatiques, compatissants à tous, brûlant d'apprendre, de s'initier à des sciences de pointe, à des mystiques inconnues d'eux. Un cas, ça va. Dix... hum ! Un pourcentage significatif... on s'interroge. Et des cas, Élisabeth – pardon le docteur Kübler-Ross – en rencontrait beaucoup. Peut-être parce que les malades qui s'étaient tant confiés « avant leur mort » continuaient à le faire « à leur retour du pays des morts ».

Le docteur fit sa spécialisation en psychiatrie, puis accéda au titre de professeur. Pas mal pour la petite femme de ménage de seize ans ! Elle donna nombre d'articles à des revues médicales et c'est elle que Raymond Moody, psychiatre lui aussi, vint rencontrer pour lui dire qu'il avait fait les mêmes constatations. Et aussi pour lui demander une préface pour son premier livre qui allait faire le tour du monde et produire l'effet d'une bombe dans les milieux médicaux.[7]

---

7. Dr Raymond Moody : *La vie après la vie*, Ibid.

E.K.R. (les initiales suffisaient désormais) fit une étrange, très pénible et enrichissante expérience. Elle en sortit guérie d'une affection physique sérieuse et encore plus ouverte aux choses de l'esprit. Une nuit d'horreur et la délivrance (dans le sens fort) au bout. Elle s'en ouvrit à ses étudiants hindous. Leur diagnostic tomba : Éveil de la Kundalini. Éveil bien mérité... Cependant une étude précise de cet Éveil le montre obtenu dans la douleur et incomplet quant à son aboutissement. Les yogis considèrent qu'un tel Éveil doit intervenir à point nommé, après une longue préparation. Or, dans ce cas, E.K.R. avait expérimenté un appareillage électrique de son ami Monroé destiné à faciliter la décorporation, et ce, le soir même.

On ne revient jamais à l'identique d'une N.D.E. ou d'un Éveil. E.K.R. savait qu'elle devait fonder un centre d'accompagnement des grands malades. À sa façon. Et que ce centre se nommerait *Shanti nilaya* (ultime séjour de paix, en sanskrit).

Plusieurs années s'écoulèrent au cours desquelles E.K.R. et ses assistants organisèrent des stages d'une semaine dans le superbe domaine qu'elle avait destiné à cet effet. Elle faisait accepter la mort à ceux qui s'en approchaient, aux parents de ceux qui l'avaient traversée. La compassion la guidait ; l'organisation de psychodrames au cours desquels ses hôtes vivaient leur angoisse et, souvent s'en débarrassaient, fondait sa méthode. Élisabeth, cependant, voyageait beaucoup, donnant des séries de conférences dans le monde entier... pour subvenir aux frais de *Shanti nilaya*, car, en ce lieu de quête profonde, venaient beaucoup de personnes démunies. *Shanti nilaya*, malgré ses efforts lui fut enlevé. L'heure était peut-être passée de n'aider que les mourants ou les parents des morts. Une ultime expérience attendait E.K.R.

En 1994, répondant à une invitation du Dr Moody, elle allait lui rendre visite en sa ferme de Virginie. Une maison isolée lui plut ; elle avait encore les moyens de l'acheter, ce qu'elle fit. Au début, les habitants du comté la reçurent en célébrité fort sympathique, en amie très respectée. Ce qui bascula en un jour : celui où elle annonça sa décision de recevoir en son domaine vingt enfants atteints du Sida et abandonnés. Tout le monde savait, bien avant 1994, que le Sida n'était contagieux que dans certaines conditions totalement exclues dans ce cas. Peu importe, les détériorations de l'immeuble succédèrent aux incendies. Fatiguée, Élisabeth tomba malade, pratiquement paralysée. Elle vint à bout de cette paralysie mais savait (en tant que médecin et « autrement ») ses jours terrestres comptés.

En 1996, elle employa ses ultimes forces à écrire le plus émouvant, le plus humain, mais aussi le plus « technique » de ses livres : *Mémoires de vie, mémoires d'éternité*[8]. Le récit de sa vie. Un testament spirituel. L'expression d'une certitude : seul aimer compte vraiment. Message répété tant et tant par la Lumière.

E.K.R. n'est peut-être pas la spécialiste de la N.D.E. la plus connue du grand public ; elle s'est surtout voulue accompagnatrice. Pour ses confrères, pour ses étudiants, pour ses malades, elle demeurera l'incomparable Grande Dame.

Raymond Moody

Il fut le grand vulgarisateur et demeure le plus connu parmi les pionniers. C'est néanmoins à E.K.R. qu'il demanda la préface de

---

8. Dr Elisabeth-Kübler-Ross : *Mémoires de vie, mémoires d'éternité,* Ibid.

son premier livre, *La vie après la vie*[9], ouvrage qui connut et connaît un succès mondial jamais démenti.

Né en 1944, cet homme-là avait brillamment obtenu un doctorat en philosophie et commençait à enseigner à l'Université de Caroline du Nord. Il faut croire que sa destinée était tracée ; en tout cas la suite des événements tend à le démontrer.

Le premier cours de Moody est consacré à Platon. Il évoque, au passage, le fameux mythe d'Er. Un étudiant vient le voir, désirant approfondir avec lui l'aventure prêtée à Er le Pamphilien. Pourquoi ? Parce que sa grand-mère a frôlé la mort et a ramené du voyage des impressions recoupant, en beaucoup mieux, celles d'Er.

Moody est un professeur à peine plus âgé que ses étudiants. Il revient sur le sujet à l'occasion de son cours suivant. La sœur d'un autre étudiant a failli mourir et a vécu une aventure bouleversante. Le jeune professeur est, cette fois, très intrigué. En quelques semaines, il recueille sans les chercher dix ou quinze cas identiques sur le fond. Il a peut-être (et même probablement) trouvé sa vocation. Il redevient étudiant... en médecine, obtient son diplôme, se spécialise en psychiatrie, exerce sa profession, mais un appel s'est installé en son mental. Il écrit *La vie après la vie* qu'accepte un petit éditeur sans grandes possibilités. Le succès s'avère foudroyant ; bien entendu, un grand éditeur vole au secours de la victoire, et c'est le succès mondial. Le monde entier – le monde concerné – connaît la splendeur du passage. Moody a très peur : combien d'exaltés voudront-ils anticiper l'heure dite depuis toujours ? Aucun. Ouf !

---

9. Dr Raymond Moody : *La vie après la vie*, Ibid.

Le docteur Moody demeurera, quoi qu'il advienne, celui par qui le grand boum est arrivé. Parce que ses livres sont très accessibles au grand public. Parce qu'E.K.R. songeait surtout à l'accompagnement et le faisait avec une infinie compassion, réservant ses publications au milieu médical.

Élisabeth Kübler-Ross et Raymond Moody forment une sorte d'étrange couple en ce domaine. L'immense initiatrice, le grand prophète. Toute comparaison abusive étant exclue, et s'agissant d'une grande religion deux fois millénaire, des rôles semblables sur le fond ont été tenus par le Christ et par saint Paul. Dans d'autres religions aussi. Nombreuses.

Moody n'oublie pas ce qu'il doit à E.K.R. Ses élèves l'ont mis sur la voie ; elle l'a conforté en sa recherche.

Kenneth Ring

Tout enfant, il était passionné de psychologie et de psychanalyse, et c'est en psychologie qu'il se spécialisera, son doctorat obtenu. D'où tint-il sa mise en éveil concernant les N.D.E. ? Il était captivé par ce que l'on qualifie d'états de conscience modifiés. Les N.D.E. sont un de ces états. Jung – maître à penser de Ring – en avait vécu une, mais pourquoi ? Oui, Ring savait bien que les états dits d'Éveil, qu'ils soient dûs à la pratique du yoga ou à la méditation ou à d'autres méthodes encore, amenaient à des états de conscience modifiés. Il ne se voyait pas allant passer dix ans dans un ashram… sans aucune garantie de succès car, lui disait-on, pour « monter », il faut d'abord renoncer. Ce qui ne ressemblait pas à Kenneth Ring. Demeurait une solution.

Dès sa première prise de L.S.D., Kenneth Ring « décolla ». Il l'avait, son état de conscience modifié, sa quasi N.D.E. Il eut la sagesse de ne pas trop demander à la drogue ; il avait toutefois compris que le L.S.D., pris de manière scientifique (?) paralysait la conscience ordinaire bien plus qu'il ne la détraquait, et permettait à ce qui n'est pas la conscience ordinaire de s'épanouir librement. Ce que savent les chamans… mais, en toutes disciplines, les voies rapides présentent le plus grand danger, c'est bien connu.

De tous les grands de la N.D.E., Ring demeure le plus méticuleux, le plus statisticien. C'est lui qui a compris qu'existait un onzième critère, venant après les dix cités par Dean, ce que nous verrons, plus avant, dans « Le retour » et « Combien et qui ? » Au prix d'un formidable travail d'enquête conduit par toute une équipe qu'il dirigeait.

Il a encore compris autre chose, concernant le stade ultime, celui de la rencontre avec la Lumière. Ce qui lui a permis de proposer un dédoublement de ce stade dans les classifications mises en place : contemplation et échange télépathique direct avec la Lumière. Bain dans la Lumière. Les très rares voyageurs s'étant baignés dans la Lumière en discernent l'origine : un cristal du pur amour.

Ce qu'avait déjà dit sainte Thérèse d'Avila.

Michaël Sabom

C'est un cardiologue, lui, quelqu'un de sérieux à qui l'on ne raconte pas des balivernes. Un Texan haut de près de deux mètres ne va pas croire un traître mot des idioties que vient d'écrire ce fumiste de Moody, lequel déshonore la médecine. Un être humain, c'est une tête, des poumons, un cœur, d'autres organes. Et rien d'autre. Tant que ça marche, on se porte bien. Si cela ne va pas, il faut soigner le corps… et même remonter le moral du patient, d'accord. Et si ça casse, tout est fini. Son boulot à lui, foi de Texan, c'est de faire en sorte que le cœur et les vaisseaux sanguins tiennent le coup le plus longtemps possible!

Qu'est-ce que cette Sarah Kreutziger est pénible! Une assistante sociale doublée d'une assistante des âmes!!! Elle sévit dans un centre de dialyse. Et, bien sûr, elle tient dur comme fer pour Moody.

« Mais oui, docteur Sabom, Moody reconnaît lui-même que ses fameuses N.D.E. ne prouvent rien; que la "matière première" lui manque encore pour établir des statistiques. Mais vous, docteur Sabom, vous réanimez des gens tous les jours ou presque; et combien de vos malades ont-ils frôlé la mort? Vous êtes l'homme dont nous avons besoin, dont la Médecine a besoin, pour trancher le débat. » Sarah est fine mouche, flatteuse juste ce qu'il faut. Et têtue comme toutes les mules des USA. Sabom doit choisir entre deux solutions: étrangler Sarah, ou questionner quelques-uns de ses récupérés *in extremis*. L'histoire ne dit pas s'il préférerait étrangler Sarah; il opte pour la deuxième solution. « Mais dix, pas plus, vous m'entendez bien, miss Kreutziger? »

Les deux premiers sujets étaient dans le coma et « Mais voyons, docteur, on ne sent rien, dans le coma. » Sabom commence à ricaner. Vlan, la troisième a fait une splendide N.D.E. et a fusionné avec un Soleil d'amour! Et ce regard, cette conviction. « Mais pourquoi n'avoir pas parlé plus tôt? » « Oh, docteur, pour être considérée comme folle? On parle entre nous, mais à un docteur… » « Comment ça, entre vous? » « Eh bien je ne suis pas la seule, et si vous me promettez d'être gentil et de ne pas évoquer la folie… » Sabom est d'accord. Quelques heures après il est livide et tremble d'émotion. Sarah, toute joyeuse vient le voir : elle a déniché une splendide N.D.E. « Mais qu'avez-vous, docteur, ça ne va pas ? » Sur le coup ça va… bizarrement. Ça ira mieux dans un mois : 33 % : la N.D.E. a trouvé un nouveau grand exégète.

Merci, Sarah !

PARDON, TOUS LES AUTRES.

Certains ont précédé les nouveaux pionniers. Entre Platon et Jung. Jung. Entre Jung et E.K.R. Ils n'ont pas souvent été reconnus.

D'autres ont travaillé en même temps ou peu après les pionniers que j'ai cités. Consacrer un paragraphe à chacun remplirait un livre.

D'autres travaillent. Souvent disant se limiter à l'accompagnement et ne désirant pas réellement être connus. C'est dommage.

Near death experience

(Expérience de mort imminente)

« *Lorsque nous avons accompli notre mission sur terre, nous sommes alors autorisés à passer au plan supérieur. Nous pouvons ainsi abandonner notre corps, qui emprisonne notre âme de la même manière que la chrysalide enferme le futur papillon. Alors, nous serons libérés de toute souffrance, de toute peur, de tout souci. Nous serons libres comme un papillon qui retourne chez lui au royaume de Dieu.* »

Un enfant cancéreux écrivait ce qui précède à Élisabeth Kübler-Ross[10].

Un malade a reçu le diagnostic en plein cœur : son cancer est inopérable, une chimiothérapie lui fera gagner quelques mois, viendront ensuite les soins palliatifs, anti-douleurs. Et tout finira, peut-être dans le sommeil, en tout cas sans souffrance. Un an déjà. Il a traversé toutes les phases de refus, de colère, de négociation, de dépression. Il n'a pas encore véritablement accepté.

---

10. Dr Élisabeth Kübler-Ross : *Mémoires de vie, mémoires d'éternité*, Ibid.

Certes, il ne souffre pas trop : la morphine ne lui est pas limitée. Quand le terme viendra-t-il ? L'attitude des siens le lui dit : deux semaines, un mois…

Comment se résigner ? Oh, il croit en Dieu et ne se reproche aucune faute inexpiable ; au cours des mois ayant précédé son hospitalisation il s'est mis en règle : plus de rancunes, d'inimitiés ; il a réussi à pourvoir au sort des siens. Mais l'heure va venir… allez, dans un mois. Dieu ? Oui, mais, qui lui a-t-il démontré son existence et promis un paradis qu'il puisse espérer ?

Ce n'était pas pour dans un mois. Le cœur lâche ; il avait donné des signes de faiblesse ces dernières années. Transport d'urgence en salle de soins intensifs. Adrénaline. Chocs électriques visant à faire repartir le cœur. Pour gagner combien de jours, car un mois… les médecins ne voyaient pas si loin ? Le coma se prolonge.

L'accouchement a été commencé sous péridurale, et puis tout s'est gâté. L'enfant se présente mal. Forceps. Anesthésie générale, une césarienne s'impose. Choc à l'anesthésie. Rare mais gravissime. Coma. Réanimation. L'anesthésiste et toute l'équipe emploient leur science et leur compassion. En pure perte, ils le craignent bien.

Oui, notre brillant ami motocycliste va gagner une minute sur le record de son trajet maison-boulot. Cette joie fera passer l'ennui de la journée de travail. C'est sûr, il va la gagner, cette minute : à 5 km du but, il avait 45 secondes d'avance et il ne ralentit pas, au contraire, lui semble-t-il. Il ne la gagnera pas. Il s'est posé la question en une fraction de seconde : pourquoi ce tournant était-il plus difficile à passer que d'ordinaire ? L'arbre a encaissé le choc. Ambulance, soins intensifs, pronostic extrêmement réservé ;

il a une fracture du crâne, et tant mieux s'il y reste, car s'il revient, ce risque fort d'être à l'état de légume.

Trois comas en même temps dans le même hôpital, voilà qui est rare. Heureusement, il s'agit d'une grande structure possédant les moyens humains et matériels de faire face à une telle situation de crise. Au prix d'un travail acharné et urgentissime. Enfin, « eux » ne ressentent heureusement rien en leur état !

* * *

J'ai souffert, souffert depuis des mois. Je n'en peux plus, plus. Ma femme est là ; je ne sais pas ce que lui dit l'infirmière. Le docteur a hoché la tête en sortant. La fin est très proche. Peu à peu, je me suis résigné ; la situation matérielle des miens est assurée. En finir, échapper à ces alternatives de torture et d'apaisement chimique. Le docteur m'avait promis que je ne souffrirais pas. C'est facile à dire ! Allez, la comédie s'achève. L'au-delà, je n'y pense presque jamais. En finir, partir, dormir. Bon, c'est l'heure de la piqûre, l'infirmière arrive, dans cinq minutes ça ira. Je vais dormir ; maintenant, après les piqûres je dors ; je suis fatigué, fatigué. C'est égal, à cinquante ans… bah, tant pis. J'ai à peine senti la piqûre, je m'endors.

Non, la chambre s'éclaire ; je ne souffre pas ; je peux me lever ; quitter mon lit ; je m'élève au-dessus du lit ; la chambre s'évase, son plafond s'ouvre, je monte, je monte, c'est un tunnel tout noir : j'entends des bruits, certains désagréables, comme des cris ; des musiques parfois. Je ne suis pas seul, nous montons, moi et beaucoup d'autres mais sans pouvoir communiquer. Je me sens seul à présent, tranquille, apaisé. Une lumière brille au loin. Jamais vu cela : elle est dorée, s'irise, elle n'irrite pas mes yeux ; je crois qu'elle m'attend. Je la ressens de plus en plus proche. Elle me parle sans dire le moindre mot. Jamais je n'ai ressenti une telle impression d'appel, d'amour. Ah, pas de mots, ils ne signifient rien.

Je sors du tunnel. Des prairies, des bois, des maisons faites de cristal transparent, des êtres aussi. Qui, des anges ? Ils me disent, sans parler, leur bienvenue, leur amour. Ils ne veulent pas me retarder. La Lumière est une montagne et, en même temps, un être de ma taille. Amour, amour inconditionnel. Dieu ? Elle communique avec moi, avec respect. La Lumière, du respect pour moi ! « Tu es ici chez toi. Mais, dis-moi, que penses-tu de la vie que tu achèves ? » Tous mes actes sont présents à ma mémoire ; les bons, et, plus nombreux, les autres. Et – je n'y avais jamais vraiment pensé – les conséquences qu'ils ont eues sur mes semblables. Sur les animaux, les végétaux. C'est l'enfer, alors, je souffre leurs souffrances ! Mais non, la Lumière m'apaise et m'inonde d'amour. Jamais je n'ai été aimé ainsi. « Tu as le temps pour transmuter en bien ce que tu n'as pas réussi. » C'est une certitude. « L'instant de quitter la Terre n'est pas encore venu. » « Ton fils fait des bêtises ; il a besoin de son père. » « Mais je suis mort » « Non pas, tu voyages au pays de la véritable vie, mais tu peux avoir un répit sur Terre ; veux-tu remettre ton fils sur un meilleur chemin ? » « Oui. ».

Tunnel, la Lumière s'atténue, disparaît. « Aïe, ce choc. Je rentre par le haut de la tête ; que ce corps est étriqué. »

Rémission inexplicable. Un mois après il sort de l'hôpital. Il s'occupe de son fils. Un an plus tard revient le mal. La phase finale dure quelques jours à peine, sans souffrance physique, sans souffrance morale. Il sait où il va ; il ne craint plus rien pour les siens. C'est la fin. Échec de la médecine. Et pour lui, au jour de sa plus grande gloire ?

* * *

« J'ai moins mal, plus mal du tout. Je ne suis pas morte ; je vois mon corps en bas sur la table d'opération. Moi je suis bien, détendue ; mais qu'est-ce qu'ils font à mon corps ? J'ai des aiguilles dans toutes les veines. Le toubib me masse le cœur ; ça y est, il arrête, on branche à mon corps un appareil à décharges électriques. Mon corps saute... et moi je ne sens rien, rien. J'ai le ventre ouvert, je le vois ; il faut extraire mon bébé, mais les médecins ne s'occupent pas de cela pour l'instant ; ils ne veulent pas que mon corps meure. Mon mari est là dans la salle d'attente ; il semble inquiet, pourtant l'accouchement s'annonçait bien ; c'est peut-être parce qu'il dure. Je n'avais jamais remarqué combien le chemin conduisant de la maison à l'hôpital était boisé ; les arbres semblent vivre. Mais que font-ils à mon cœur ? Des chocs électriques, encore. Je ne sens rien, rien. Oui, ma grand-mère est là ; je ne l'avais pas revue depuis cinq ans ; j'ai même été l'une des dernières personnes à la voir vivante. Elle ne parle pas mais je comprends tout ce qu'elle veut me dire : mon mari ne tiendra pas le coup sans moi, cela je le savais. Et mon petit garçon ne sera pas élevé comme il le sera si je reviens. Tu as raison, grand-mère : je dois revenir, je le dois, je le veux. Bing, j'ai un peu ressenti la décharge électrique. Oui, je reviens, je reviens. Mon Dieu qu'il est difficile de revenir dans ce corps. Tiens, grand-mère est partie. Ça y est, je sens battre mon cœur mais je m'endors. L'anesthésie sans doute. J'entends un cri de joie : on a gagné ; elle revient. Dormir. Dormir. »

* * *

« Quelle étrange sensation : se retrouver planant à trois mètres au-dessus de la route. Je n'ai jamais vécu pareille situation. Mais je suis bien, bien. Tiens, comme c'est curieux, il y a une moto en bas et un pauvre type ensanglanté allongé sur la chaussée. Ouïe, il est mal fichu, pas comme moi, tiens. Ah, une voiture s'arrête ;

le chauffeur descend ; il est tout pâle, forcément, un accident pareil ! Ah, il va à sa voiture ; il compose un numéro sur son portable ; il revient vers le blessé, ou le mort, je n'en sais rien. Non, il n'est pas mort ; l'automobiliste le déplace sur le bord de la route ; il n'y entend rien, j'ai suivi des cours de secourisme, on ne déplace pas un blessé comme ça ; il est nul, ce mec ! Ah, d'autres voitures s'arrêtent, évidemment. Joli bouchon si ça dure, et moi je me marre, là-haut. Pim pom, pim pom, oui, il appelait l'ambulance, c'est normal. Bon, les infirmiers connaissent leur boulot, ça oui, c'est du brancardage ! Oh, mais il y a un toubib dans l'ambulance ; sa seringue est prête. Quoi, il le pique directement dans le cœur ; je ne connaissais pas ça, ça doit faire un drôle d'effet. C'est vrai qu'il ne sent rien le gars. Oh, qu'est-ce que j'y vois loin. Je reconnais l'hosto. Cette ambulance a démarré à toutes pompes ; bien sûr, elle amène le gars à l'hosto. Oh, quelle mine il a, le pauvre gars, je ne voudrais pas être à sa place, il ne va pas s'en tirer sûr... Mais qu'est-ce qu'il y a, je suis dans l'ambulance, moi aussi, au-dessus de ce pauvre type. Qu'est-ce qu'il se passe ? Pourquoi, je n'y comprends rien, mais je suis emporté moi aussi par cette damnée ambulance. Ah, ça y est, on arrive à l'hosto, eh bien, on ne perd pas de temps, vite en salle de réa. Mais quoi, on dirait qu'un cordon me relie à ce mec. Eh, je commence à ressentir ce que vous lui faites. Eh, chahutez pas, les toubibs, je suis bien, moi. Quoi, son cœur est bien reparti. Il va ouvrir les yeux. Mes yeux. Non, je veux pas tomber, je suis bien, laissez-moi. Je tombe, je reviens par le dessus de la tête. Je rentre, je rentre. Oh, c'est trop étroit, je suis serré, je commence à souffrir. Qu'ils me piquent, bon Dieu, je suis dans les vapes. Peux pas parler. Ah, ils me font une piqûre de plus ; ça passe : j'ai moins mal. Si je pouvais dormir. Je vais dormir, je vais dorm... »

* * *

Oui, ainsi raconté, cela ressemble fort à des histoires de fous, au mieux à des contes de fées. Mais, on le sait maintenant, 33 à 40 % des personnes frôlant la mort vivent de telles expériences. Évidemment elles n'en parlent pas toujours à leur médecin. Ceux-ci ne savent pas nécessairement, eux… et l'hôpital psychiatrique n'est pas loin : « Le (la) pauvre ! Après de telles épreuves. Quelques semaines de traitement et ça ira mieux ! » Encore que pour le cancéreux, les mois et les semaines…

La force la plus puissante du monde est la force d'inertie, c'est connu. Néanmoins, nombre de malades parlent. Et quelques médecins écoutent et, parfois, se posent des questions. Il faudra du temps, certes, mais la N.D.E. a de bonnes chances de figurer un jour, sérieusement étudiée, dans les bouquins que potassent les étudiants en médecine. Pas nécessairement l'année prochaine !

Les phases de la N.D.E.

J'ai considéré ici trois cas arbitraires mais significatifs, concernant trois circonstances-types mettant en jeu le pronostic vital : accident de la route, incident aigu intervenant sans qu'il ne soit statistiquement probable, crise probablement finale au décours d'une maladie très pénible et dont le pronostic fatal était inexorablement évident depuis des semaines, des mois, voire des années. Si l'on veut exclure le décès dû au très grand âge et où une équipe soignante ne s'acharnera jamais pour obtenir un répit illusoire quant à ses effets à terme, les trois situations retenues sont représentatives de la quasi-unanimité des situations de crise pouvant entraîner la mort.

Ces courtes narrations montrent qu'existent des niveaux dans la profondeur de l'expérience. Les exemples que j'ai pris sont tendancieux en ce sens qu'ils donnent une idée fausse de l'adéquation entre, d'une part, la personnalité du sujet et la soudaineté de la situation de crise, et, d'autre part, la profondeur de l'expérience.

Il ne s'est pas encore trouvé un autre Kenneth Ring pour chercher, en ce cas, des critères. Ceux-là doivent bien exister ; en tout cas et à ma connaissance, ni un spécialiste de la N.D.E. ni les sondeurs de Gallup ne les ont mis en évidence. La première supposition semblant logique, la durée de l'expérience, ne correspond pas à une réalité observée. Le temps paraît aux voyageurs aboli ou très différent de ce qu'il est sur Terre ; pour un observateur terrestre – un réanimateur le plus souvent – un coma de quelques minutes à peine (voire moins) peut conduire à l'expérience la plus profonde ; un coma de plusieurs heures ou jours peut avoir donné lieu à la seule autoscopie.

Les médecins spécialistes ont largement confronté leurs expériences : ils retrouvent évidemment les mêmes stades. Quatre ou cinq niveaux sont généralement retenus. Élisabeth Kübler-Ross en retient quatre ;[11] certains de ses confrères dédoublent le premier. Voyons cela.

Première phase : Les sujets flottent au-dessus de leur corps. Certains se sentent quitter le corps, d'autres se retrouvent en dehors sans le préliminaire du départ. Ils ont conscience de posséder néanmoins un corps, éthéré. Ils savent ce qui se passe autour d'eux, entendent les dires des spectateurs de l'accident, de l'équipe de réanimation à l'hôpital. Ceci s'avère parfaitement exact lorsque c'est ensuite contrôlé. Ils suivent, phase par phase, le désenclavement hors de la voiture accidentée, les gestes des secouristes, des médecins… Le Dr Élisabeth Kübler-Ross cite le cas

---

11. Dr Élisabeth Kübler-Ross : *Mémoires de vie, mémoires d'éternité,* Ibid.

d'un accidenté se souvenant du numéro minéralogique de la voiture du chauffard l'ayant heurté. Le champ de vision des sujets s'élargit parfois beaucoup : ils voient leurs proches et les entendent dans des salles de l'hôpital ; ils sont témoins du départ précipité des pompiers venant à leur aide...

Le corps éthérique des sujets est intact. Étaient-ils amputés d'un membre, ils ne le sont plus ; étaient-ils aveugles, ils ont retrouvé la vue. Les sujets jouissent de cette plénitude. Étaient-ils handicapés, âgés, ils ont retrouvé l'intégralité de leurs moyens. Cas particulier : un (e) aveugle de naissance découvre tout naturellement la possibilité de voir, ceci instantanément, sans la phase d'adaptation nécessaire à un humain opéré des yeux, par exemple.

La phase supplémentaire évoquée par certains confrères du docteur Kübler-Ross se situe au début de la N.D.E. Elle demeure rare. Certains sujets se souviennent d'avoir traversé leur coma en pleine conscience, se ressentant parfaitement bien ; cependant, ils n'ont rien observé ; sauf, en de rares cas, des impressions de frôlement léger.

La première phase, complétée éventuellement par le cas préliminaire, concerne environ 50 % des voyageurs de la N.D.E.

Deuxième phase : C'est celle d'une vie *post-mortem.* En un monde supérieur mais « divin ». Les sujets se ressentent en état d'être énergétique. Leur pensée voyage à une vitesse semblant abolir le temps. Des rencontres ont lieu, amicales. Les contacts sont télépathiques ; la vue semble demeurer ce qu'elle était avant la N.D.E. À ce stade, les sujets rendent visite à leurs proches, parents et amis très chers. Le Dr Kübler-Ross affirme que les personnes décédées sont souvent présentes lors de leurs propres obsèques. Peut-être pas lorsque le voyage est allé plus loin !

D'autres auteurs, et aussi des témoignages nombreux font état de prémonitions, voire d'effets physiques induits, informant sans doute possible certains proches du départ de celui qui meurt réellement. J'ai été personnellement témoin d'un cas troublant en ce domaine ; je le relate plus loin.

Probablement existe-t-il une concordance entre la deuxième phase de la N.D.E. et les « actions » de ceux qui partent sans retour au terme d'un voyage N.D.E.

La notion d'anges gardiens, guides, ou autres appellations suivant le type de culture des sujets, leur ethnie... est pratiquement toujours rapportée ici.

Ce stade concerne environ 25 % des sujets, ce qui, ajouté aux 50 % du premier stade, nous donne environ les trois quarts des voyageurs.

Troisième phase : Les sujets pénètrent en un tunnel. La notion de pont, de joli ruisseau, de gorge entre des montagnes vient parfois mais rarement. Les anges gardiens remplissent leur mission de guides. À ma connaissance, Élisabeth Kübler-Ross est la seule investigatrice à avoir extrêmement approfondi le pourquoi de cette entrée dans le passage, « celui qui leur convient le mieux ». Elle pense que les voyageurs ont concentré leur énergie psychique pour ouvrir le passage. Ils perçoivent une lumière brillante irradiant une force spirituelle, un amour intense. Ils éprouvent la sensation de revenir à la maison. C'est une expérience sublime hors de toute expression, religieuse dans le sens élevé du terme. Élisabeth Kübler-Ross, après avoir entendu des milliers de tels récits « comprend pourquoi aucune des personnes concernées ne voulait revenir dans son corps physique. » Qui est la Lumière ? Dieu, le Christ, le Bouddha, Mahomet, la culture de chacun traduit, au retour. Mais peu importe, c'est la source suprême de l'énergie de l'univers ; la notion – si elle existait – de véracité d'une religion par rapport aux autres disparaît. Certains voyageurs reviennent avec des dons, des connaissances, des mises en garde prophétiques. Et une certitude : il n'y a qu'un sens à la vie, l'amour. Les voyageurs de la N.D.E. restent encore des humains très particuliers mais des humains. Quelques sujets ne pouvant prophétiser. Et d'autres, pâlissant, verdissant mais se taisant. Où va donc notre planète ? Et à cause de quelles folies humaines ?

Pourquoi certains voyageurs reviennent-ils à ce stade ? Le docteur Kübler-Ross ne le précise pas ; le docteur Moody fait état du ressenti que leur présence sur Terre est indispensable à l'épanouissement d'une ou plusieurs personnes.

Demeureraient 25 % des voyageurs ; une moitié de ceux-là ont contemplé la Lumière, ont reconnu leur maison. Et reviennent sur Terre.

Quatrième phase : (la cinquième pour les chercheurs ayant scindé la première en deux).

Les sujets se trouvent en présence de la Source Suprême. Certains rapportent avoir été entourés de tous les éléments de connaissance : passé, présent, futur. Un amour infini émanait de l'Être de Lumière ressenti comme « une personne. » Une compréhension, un amour indescriptibles. Les voyageurs devenaient des formes éthériques non accompagnées d'un corps éthérique (l'Esprit intact en Dieu de la gnose chrétienne ?)

Dans cet état, les sujets revoyaient le film de leur vie. Ce qu'elle aurait pu être. Les répercussions de leurs actes et pensées sur les autres. Ils avaient compris que seul comptait, devant la Lumière, l'amour inconditionnel.

Il ne s'agissait en rien d'un « jugement », la compassion et la compréhension de la Lumière étant incommensurables. Une leçon à retenir. Une vérité – la vérité – à, enfin, comprendre. Sur Terre.

Pourquoi les sujets revenaient-ils ? Parce qu'une mission importante les attendait sur Terre ? Souvent. Sans raison exprimée ? Rarement. L'interprétation des sujets ne varie jamais : j'ai à dispenser de l'amour, à rattraper le mal que j'ai fait.

Une observation, une question. L'observation : la notion d'enfer semble absurde à qui a contemplé la Lumière en son infinie compassion. La question : et ceux qui ne reviennent pas, mais « avaient à revenir » ?

Tous les voyageurs N.D.E. que citent les spécialistes ; tous ceux que j'ai rencontrés – sauf un – adhèrent à l'idée de la réincarnation !

Le retour

« Je me souviens avoir supplié Dieu de me permettre de rester. Il ne répondit pas, se contenta de sourire, d'un sourire empreint d'amour et de bonté. »

« Je compris que retourner sur terre faisait partie de ma mission, et pourtant j'aurais donné n'importe quoi pour rester. »

« La présence me parlait mais sans mots: "Donc, tu as décidé de repartir." "Oui", dis-je. "Pourquoi?" "Ma mère a besoin de moi." À l'instant même, je glissai au fond d'un tunnel et quand la Lumière disparut à mes yeux, je me réveillai. »

« Si tout le monde pouvait faire la même expérience, je crois que ce serait le paradis sur terre. »

Propos recueillis par le Dr Ring[12]

---

12. Dr Kenneth Ring: *Projet Oméga*, Ibid.

« Que l'on choisisse de repartir, qu'on accepte de le faire, qu'on s'y résigne, ou qu'on se retrouve simplement en vie dans un corps physique, il faut de toute façon accepter de renoncer à un trésor sans prix. »

Commentaire du Dr Ring[13]

Le retour peut-être considéré de deux manières différentes. Selon le point de vue de l'équipe soignante ; selon celui du voyageur. Dans les cas d'accident, d'arrêt cardiaque au cours d'une intervention chirurgicale ou lors d'une phase critique de maladie ayant entraîné une hospitalisation, l'équipe médicale se trouve en face d'un malade en état de coma, évoquant très souvent une mort clinique. L'équipe peut être déjà à pied d'œuvre depuis un certain temps si la crise survient au cours d'une opération chirurgicale, ou alors assemblée en toute hâte si le patient a été amené en salle de réanimation à la suite d'un accident ou, déjà hospitalisé, a fait un arrêt cardiaque imprévisible, dans un autre Service de l'hôpital. Voyons la scène.

Le patient est étendu sur une table de réanimation ou d'opération, tout simplement. Un médecin s'est affairé à pratiquer sur lui un massage cardiaque ; en toute hâte, on a préparé l'appareil qui va fournir les décharges électriques dont l'équipe médicale veut espérer qu'elles feront repartir le cœur ; une infirmière vient d'injecter de l'adrénaline ou tout autre tonicardiaque puissant, en intraveineuse. Première, deuxième, troisième décharge électrique. Il advient que l'on continue en vain : d'autres essais, un constat « c'est fini. » Un échec parfois très amer pour l'équipe.

13. Dr Kenneth Ring : *Projet Oméga*, Ibid.

D'autres fois, « ping, ping, ping... » l'électrocardiographe enregistre les battements que l'on espérait tant et tant depuis, souvent, de longues minutes, voire depuis près d'une heure. Référons-nous à un cas assez récent et très connu : M. Chevènement est resté en arrêt cardiaque pendant près d'une heure lors d'une intervention. Il a repris ses fonctions ministérielles sans aucune séquelle.

C'est gagné, sauf cas rarissimes un cœur qui est reparti va tenir bon. Trois éventualités se présentent alors. Le patient ne se réveille pas véritablement tout de suite ; il entre en un sommeil que l'électroencéphalogramme attestera comme tout à fait normal, n'ayant rien à voir avec un coma : le patient se réveillera dans quelques heures. Deuxième éventualité, le sujet reprend connaissance, ne se souvient aucunement de ce qui s'est passé durant son coma ; il souffre (accident ou opération, soins « énergiques » visant à la réanimation) ; on lui administre des analgésiques, on le garde en unité de soins intensifs... et on attend la suite, souvent la guérison, surtout en cas d'accident, parfois la fin, quelques heures, jours ou semaines plus tard.

La troisième éventualité nous intéresse tout particulièrement. Le malade (ou le blessé), dès que les forces lui reviennent, manifeste une profonde déception, voire une violente colère : « Mais pourquoi diable vous êtes-vous ainsi acharnés ? Au début je vous ai vus, à quelques mètres de là (!) mettre tout en œuvre pour me ramener. J'ai ensuite perdu le contact avec vous, mais ai côtoyé d'autres personnes entrant dans le royaume de l'au-delà ; nous faisions des rencontres, des êtres chers nous attendaient ; et puis, une lumière nous attendait, loin, très loin, irradiant une paix et un amour indicibles. C'était merveilleux... et voilà bien que vous me ramenez en ce monde de souffrance et de méchanceté. » Le réanimé ne va pas toujours aussi loin dans son exposé. Voici cinquante ans, une piqûre de morphine le calmait et lui faisait oublier « son rêve. » De nos jours... c'est souvent la même chose; certes, les idées progressent lentement mais, tout de même, certains médecins, chirurgiens, anesthésistes ont connaissance du phénomène N.D.E., peu importe comment ils l'interprètent. On calme alors les malades mais on les revoit ensuite. Et on parle. Pour quelle raison, on ne sait, davantage d'infirmières que de médecins savent de quoi il s'agit... celles-là, si les médecins ne veulent rien entendre, devront parler avec le rescapé, loin de toute oreille médicale!

Et ensuite? Passent des jours, des semaines et des mois. Le voyageur a beaucoup changé. Le psychiatre Stanley Dean[14] a noté dix changements notables intervenant en ces cas. On les retrouve tous dans 80 % des cas étudiés, certains d'entre eux (les points 7, et 10 manquant assez rarement).

1: La Lumière emplit la conscience du sujet et demeure en toutes circonstances. C'est la splendeur brahmanique, l'ultra-conscience évoquée par Dante, la transformation de l'humain en dieu (avec une initiale minuscule). Ce premier point caractérise les seuls voyageurs s'étant vraiment baignés dans la Lumière.

Les points suivants seront d'autant plus avérés que le voyageur se sera baigné dans la Lumière ou, au moins l'aura approchée. Le point 5 (disparition de la peur de la mort) apparaît, même si l'expérience s'est arrêtée à la décorporation.

2: Une joie inouïe s'insère dans le mental du voyageur. Il peut la rappeler, même des années plus tard et en des circonstances pas nécessairement réjouissantes.

14. Dr Stanley Dean, cité par Patrice van Eersel: *La source noire,* Ibid.

3 : Le sujet connaît – mais ne peut exprimer, les mots, les notions faisant défaut – le sens de l'univers. Il a conscience de sa propre dissociation en deux entités distinctes : l'ego mortel, le Soi éternel.

4 : Il manifeste une compassion totale envers tous les êtres.

5 : Toute peur de la mort a disparu. Le sujet est, en outre, rechargé à bloc, moralement toujours, physiquement parfois.

6 : Son intérêt pour les choses matérielles disparaît.

7 : Le voyageur a conscience que tout son corps est intelligent. Ceci est à rapprocher de la notion de conscience cosmique éveillée.

8 : Il désire – c'est difficile – faire partager son expérience. Il advient qu'il y renonce (presque) définitivement après plusieurs échecs.

9 : Il manifeste un charisme, rayonne une force qui attire les autres.

10 : Apparaissent parfois des facultés de télépathie, voyance, guérison. Stanley Dean souligne qu'il ne s'agit pas toujours de facultés bénéfiques. Chez des sujets encore immatures et n'étant pas allés au terme du voyage, ceci peut entraîner une exacerbation de l'ego. D'autre part, savoir toujours de quoi la journée sera faite n'est pas nécessairement divertissant.

Aux dix caractéristiques citées par Stanley Dean, le Dr Ring ajoute une onzième[15]. Le rescapé manifeste un besoin très fort de s'instruire dans des sphères fondamentales : la spiritualité, la physique de pointe. Sans favoritisme aucun, le Dr Ring a remarqué qu'il s'agit le plus souvent de spiritualité orientale et de physique quantique. Un rescapé, peu instruit, était hanté par le mot « quanta » jusqu'à ce qu'un client, en une librairie, l'oriente vers le rayon adéquat. Qu'ajouter, sans, justement, faire du favoritisme ? Les approches mystiques orientales sont nettement moins

15. Dr Kenneth Ring : *Projet Oméga*, Ibid.

dogmatisantes et plus opératives que ce que les religions occidentales proposent aux masses ; pour « l'élite » que constituent les contemplatifs de toutes les religions, c'est la même chose. La physique quantique, dont peu de personnes ont encore compris les retombées philosophiques, propose une vision de l'univers ahurissante par rapport aux anciens concepts. Et, peut-être surtout, un concept encore plus ahurissant du rapport entre le vivant et l'ensemble de l'univers. Nous approfondirons cela plus avant.

Alors, ô merveille, les N.D.E. ? Oui… avec quelques revers à la médaille. Par exemple l'incompréhension du groupe familial, des divorces : ce n'est plus le (la) même ! Une orientation tout à fait différente de l'existence, parfois relevant du comportement dans un quotidien fondamentalement identique ; parfois un chamboulement complet de l'existence.

Et l'envie d'y retourner, vite, vite ? Non, l'existence terrestre est passage obligé qui doit être assumé ; la notion de service dû à la Lumière est parfois exprimée. Lorsque viendra le moment de franchir à nouveau le miroir, aucune crainte ne se manifestera mais, au contraire, l'attente de radieuses noces de Lumière.

Citons ici deux exemples, parmi d'autres possibles : Les cathares, spiritualistes accomplis s'agissant des revêtus(ues), employaient l'expression « Paraître une deuxième fois devant Dieu. » Leurs prédécesseurs gnostiques et surtout manichéens écrivaient que « quiconque voulait accéder à la prêtrise, faisait auparavant une expérience analogue à celle que fait l'âme au moment de la mort. »

Les cas

Les médecins ayant fait retrouver aux humains le savoir du grand passage, ont décrit des dizaines, des centaines de cas. Tous semblables et présentant chacun quelques particularités. Ce qui ne varie jamais, c'est la splendeur de la Lumière. Les modifications profondes apportées aux voyageurs ayant poursuivi loin leur périple se relèvent, toujours très comparables. La difficulté de communiquer, même très imparfaitement, avec des êtres plaçant ailleurs leurs centres d'intérêt pose toujours d'immenses problèmes. Parfois ce fut certainement impossible, les inquisitions et leurs sœurs maniant le satanisme à bout de bras ne rencontrant aucune frontière, ni géographique ni temporelle. Je ne me lancerai pas dans une étude approfondie de cas que je connais imparfaitement ou seulement de seconde main ; je me limiterai à trois ; c'est peu mais je les connais. Je narrerai deux autres cas en quelques phrases. Avant de les aborder, je dois m'en tenir aux généralités pour deux catégories bien spécifiques.

Les enfants

Il est un âge-frontière, sept ans environ, en deçà duquel les expériences s'inscrivent de manière indélébile en la mémoire des très jeunes voyageurs. Les enfants vont pratiquement toujours jusqu'à la Lumière ; ils voudraient bien rester dans le merveilleux pays mais la Lumière leur fait ressentir la peine de maman. Alors...

Il existe la narration d'une N.D.E. vécue à l'âge de six mois et contée par un enfant de trois ans et demi, avec des mots de son âge mais très justes. La Lumière est individualisée : c'est la figure de proue de la religion des parents, ou, au moins, qui a imbibé le subconscient de l'enfant par la simple vue d'une église, d'un temple, d'une mosquée...

Autant, pour un adolescent ou un adulte, une N.D.E. revêt un aspect inouï, unique, indescriptible, autant, pour un enfant, il est tout à fait naturel.

Le recul manque encore pour connaître les conséquences à long terme d'une N.D.E. d'enfant. Ce qui est certain est que, dans les années qui suivent, leur foi (?) en *un* Dieu est devenue certitude de l'existence *de* Dieu.

Les suicidés

Ils ne dépassent jamais le stade de l'autoscopie. Ils reviennent, bien conscients du fait que la réussite de leur acte n'eût rien arrangé. Le même problème ou son équivalent se serait à nouveau présenté ailleurs ou « plus tard. »

Aucun don spectaculaire n'apparaît généralement chez eux. Une prise de conscience s'affirme très forte, celle du caractère sacré de la vie, la leur, celle des autres. Futurs objecteurs de conscience, peut-être, pas futurs assassins ni récidivistes dans le suicide.

Les cas manquent de suicidés extrêmement malades, souffrant énormément et ayant tenté de se suicider. Peut-être certains membres du corps médical estiment-ils plus compatissant de ne point trop en faire, en de tels cas. À tort ? À raison ? À tort pour qui entre dans la logique d'une vie devant être menée à son terme. L'application de certains principes n'est pas toujours aisée.

Hélène

J'ai parcouru un calendrier avant de lui choisir un prénom BCBG. Son enfance a été confortable à tous points de vue, ce qu'autorisait la situation de son père qu'elle évoque parfois. Rechercherait-on, chez Hélène, des occasions de stress, on en trouverait à l'âge adulte, notamment une maladie dont la guérison ne peut être confirmée qu'au terme de plusieurs années. Intelligente, cultivée, elle occupa plusieurs postes de responsabilité en une entreprise industrielle, s'intéressant en outre à des sujets ne passionnant guère les masses.

Hélène et moi avions eu mille conversations sur des sujets philosophiques, et aussi sur des sujets spiritualistes qu'elle envisageait essentiellement sous leur traduction philosophique. Intellectuelle pure ? Non, car visitée par des prémonitions, des poussées de médiumnité brèves mais spontanées. Son ennemie première : la fuite du temps. Son souci non exprimé : en masquer les signes.

Âgée de vingt-cinq ans environ, elle avait dû lutter contre une maladie qui ne pardonne pas facilement. Au stade où sa maladie avait été diagnostiquée, ses chances avaient été évaluées à 50 – 50, ce que ne lui avait pas caché son médecin, lequel connaissait son très réel et très affirmé courage, qualité absolument indéniable chez elle.

Vingt ans étaient passés. Un certain dimanche soir, elle rentrait chez elle, après un déplacement d'une centaine de kilomètres. Une semaine plus tard, elle me disait que le défilement (apparent !) des arbres, très monotone, l'avait endormie. Effet bien connu dans l'étude de l'hypnose. En tout cas, elle n'avait pas manqué un arbre, lequel ne l'avait pas manquée non plus.

L'accident semblait extrêmement grave ; la voiture était en bouillie ; Hélène fut désincarcérée par le premier automobiliste parvenu sur les lieux, quelques secondes plus tard. L'ambulance du SAMU arriva très rapidement et la blessée se retrouva en soins intensifs une demi-heure après son accident. Elle était dans le coma, porteuse de nombreuses blessures, aucune ne mettant en jeu son pronostic vital, mais demeurait le coma. L'E.E.G., cependant ne montrait aucune atteinte inquiétante du cerveau. Elle sortit du coma une heure plus tard, sortit de l'hôpital quatre jours après son accident, une décharge dûment signée et, malgré la consternation du chirurgien pour qui, tout de même, les conséquences (surtout osseuses) de l'accident demandaient une meilleure prise en compte. Souffrant beaucoup, elle reprit son travail vers le dixième jour, à la stupéfaction de son médecin de famille et de son employeur réunis. Elle aurait pu se reposer au long des soixante jours d'arrêt ordonnés et, qui plus est, sans perdre un centime de sa rémunération. Mais « têtue et courageuse » sont parfois proches parentes. Elle guérit sans séquelle aucune. Mais porteuse d'un secret.

Hélène avait-elle des convictions religieuses ? Elle avait été pensionnaire pendant plusieurs années chez les bonnes sœurs. Vaccin, disait-elle, ne demandant aucun rappel ! Elle croyait, oui, en vertu d'une certaine logique et de manière très syncrétiste… à condition que ce syncrétisme n'en appelle pas trop aux dogmes romains ! Nous étions bons camarades et elle assistait à de nombreuses conférences que je donnais sur le catharisme. Et à une que je donnais dans le cadre d'une association, sur les N.D.E., celle-là. Un an passa, à peu près. Et, un certain jour, nous nous promenions, sur un sentier de montagne, Hélène, mon épouse et moi.

« Tout de même, au cours du débat ayant suivi votre conférence donnée à D…, vous avez recueilli, en public ou en particulier, sept ou huit confidences de personnes ayant vécu une N.D.E. C'est beaucoup ! »

« En fait, dix, chère Hélène. » Un silence. « Eh bien voici la onzième : Lors de mon accident, je dois avoir perdu connaissance. Ensuite j'ai vu, d'une hauteur de plusieurs mètres, un homme jeune vêtu d'un blouson, m'extraire de la voiture. Son blouson était taché de sang. J'étais bien, bien. Ensuite je me suis endormie et je me suis réveillée à l'hôpital, alors là, pas bien du tout, croyez-moi. C'était quoi dans votre f… classification ? » « Heu, heu, un premier niveau selon Kübler-Ross, un second selon Moody ; mais Hélène, pourquoi… » « Je ne sais pas pourquoi ; je n'aurais pas voulu passer pour folle, mais les dix de D… m'ont donné à réfléchir. »

Je ne pense pas qu'Hélène ait radicalement été transformée par ce début de N.D.E. Elle croit davantage à la possibilité de vivre hors du corps. Mais, peut-on être certain de ce qu'elle croit ? Le retard apporté à la confidence, et compte tenu de la nature de nos conversations habituelles, incite au doute.

Pourquoi n'est-elle pas allée plus loin ? Aucun des scientifiques ne se hasarderait à répondre, sinon par un banal « Peut-être n'était-elle pas assez près de la mort. » Sans en tirer la moindre conclusion, je crois – paradoxe apparent – qu'elle est très attachée à la vie, bien que pensant et disant le contraire, parce qu'elle estime être passée à côté de certaines choses essentielles. Enfin, il me le semble.

Un autre accident de la route

Voici une quinzaine d'années, M. Paul-René di Nitto, journaliste de télévision à F.R.3. Montpellier, me contactait. Il avait lu un de mes ouvrages consacrés au catharisme et souhaitait me demander mon concours pour une émission qu'il préparait et qu'il envisageait de réaliser en Haute-Vallée de l'Aude et en Ariège, sur ce sujet. Pourrais-je le piloter, lui et ses deux assistants ? Lui faire connaître cinq ou six personnes ayant des éléments intéressants à confier à la caméra ? Oui, bien sûr. En fait, je le sus le surlendemain, Paul-René di Nitto se lançait en une aventure insolite : préparer une série d'émissions... sur l'insolite. Pari difficile avec comme objectif toute une série d'émissions diffusées à raison d'une par mois, *ad vitam aeternam* ou presque. Qui sait, je pourrais peut-être lui fournir quelques idées, lui faire connaître des familiers de l'insolite ? En fait, je lui fournis la matière première de, je crois, onze émissions. L'une de celles-ci obtint même un certain prix Jeanne Morannier, fut diffusée dans la France entière et reprise, sous des formes un peu différentes par d'autres producteurs : j'évoque celle-là dans « Un matin de novembre », plus avant dans ce livre. Je lui fis connaître, entre autres sujets possibles, M. Vital Heurtebize, inspecteur d'Académie domicilié dans l'Aude, poète au talent reconnu par ses pairs, devenu depuis lors président de l'association des poètes de France. Ce monsieur avait vécu une N.D.E. dont il m'avait fait le récit. F.R.3. réalisa l'émission et son réalisateur m'autorisa à en reproduire la teneur en mes écrits. Ce que je fis[16]. Évidemment, des écrits de cette sorte rendent difficilement compte d'une certaine ambiance générale, et encore moins bien de certains regards. Qui sait, la cassette est-elle encore disponible à Montpellier ! Ce qui est utilisable, c'est le texte. Le voici pour l'essentiel.

P.R. di Nitto : « J'ai vu mourir mon corps sur l'herbe de la route. Pourquoi ce déploiement et pour qui ce brancard ? Ce cadavre, pour moi, ne faisait aucun doute. J'ai vu mes yeux à l'extérieur de mon regard. » Vital Heurtebize, c'est la première strophe d'un poème que vous avez écrit, mais c'est aussi une histoire vraie que vous racontez ?

V. Heurtebize : En quelque sorte, oui.

P.R.d.N. : Une histoire qui remonte à quelques années ?

V.H. : C'était en octobre 1985, très exactement. J'ai eu un accident, un grave accident. Je n'ai pas souvenir de l'accident ; par contre, j'ai souvenir de ce que je raconte dans ce poème, effectivement.

P.R.d.N. : Alors, il faut rappeler les circonstances de cet accident. Vous avez perdu le contrôle de votre véhicule ; celui-ci a fait plusieurs tonneaux.

V.H. : Et puis je suis allé dans le fossé. Et là arrivait sur ces entrefaites un couple dont le mari était médecin. C'est lui qui m'a sorti de la voiture. Il m'aurait ranimé, on n'a pas noté le nom de ce médecin ni de sa compagne. Il m'a ranimé et ma fille qui me suivait en voiture à quelques minutes est arrivée alors que je revenais à moi. Les pompiers par la suite sont arrivés et m'ont emporté, mais on n'a jamais pu savoir qui m'avait sorti du véhicule.

P.R.d.N. : On ne sait pas le laps de temps qui s'est écoulé entre votre accident et votre retour à la vie…

---

16. Jean Blum : *Du graal au secret de la mort joyeuse*, Éd. du Rocher, 1991.

V.H. : On l'évalue à deux minutes.

P.R.d.N. : Et pendant ces deux minutes, que s'est-il passé pour vous ?

V.H. : D'abord, je me suis vu couché sur l'herbe, d'en haut. J'ai vu la personne qui s'affairait à me tirer de là. Tout cela comme en un théâtre d'ombres. À la suite de ça, j'ai été comme emporté, tiré en arrière dans une sorte de tunnel noir, mais ce n'était pas du tout désagréable, comme un courant d'air frais qui passait et on était emportés à une vitesse assez prodigieuse.

P.R.d.N. : Et vous aviez la sensation d'être vivant, de n'être plus vivant ?

V.H. : Je me suis vu mort. Mais tout se passe très vite. On n'analyse pas. C'est après coup que l'on pense à ces choses-là.

P.R.d.N. : Votre corps, que vous regardiez d'en haut, il était ensanglanté ?

V.H. : J'avais la sensation de baigner dans le sang : or, on m'a dit que je n'avais pas saigné. Trois semaines après, lorsque l'on est allé récupérer le véhicule, on a retrouvé ma veste qui m'avait été enlevée et jetée dans le véhicule : je l'ai retrouvée toute maculée, ensanglantée. Donc, j'avais bien saigné.

P.R.d.N. : Vous vous êtes senti emporté, comme en un tourbillon ?

V.H. : Comme un tourbillon, à grande vitesse. Et puis on se rapproche d'une lumière d'abord bleutée, ensuite très blanche, très intense. Et on entre dans cette lumière, c'est… (V.H. est ému, il cherche des mots).

P.R.d.N. : Vous m'avez dit, avant l'enregistrement, que des personnes baignaient dans la lumière et paraissaient communiquer télépathiquement.

V.H. : Oui, on a des appels, si vous voulez. Comme des voix qui vous inviteraient à venir. On est comme accueilli dans le monde où l'on arrive… Le poème que j'ai écrit ne me plaît pas, parce qu'il dit très mal ce que j'ai ressenti.

P.R.d.N. : Vous n'avez pas parlé à vos médecins de ce qui vous est arrivé. Pourquoi ?

V.H. : J'accepte de vous en parler parce que votre émission me passionne et parce que dans ce cadre-là, j'ai l'air moins… (hésitation). Certains vont dire « Heurtebize n'a plus sa tête. » Ce qui n'est pas le cas, croyez-le. C'est pour ça que je n'en ai pas trop parlé, mais je me suis mis à en parler depuis que j'ai eu connaissance d'autres témoignages.

Suit, dans l'émission, une intervention du professeur Joyeux, de l'Académie de Montpellier, faisant état de cas comparables. Ensuite, Paul-René di Nitto demande à Vital Heurtebize de se faire confirmer que son interlocuteur est sorti changé de sa rencontre, qu'il acquit une sérénité nouvelle.

V.H. : Auparavant, j'avais des comportements, des emportements. On peut regretter certaines choses que l'on a faites. On est prêt à pardonner ; on voudrait surtout être pardonné soi-même. La vie est un vaste champ d'amour… presque.

P.R.d.N. : Vous étiez croyant, vous l'êtes resté. Est-ce que vous regardez la vie, la mort autrement, maintenant ?

V.H. : La mort est un passage et surtout c'est un recommencement. Moi je l'ai vécu comme cela : ici nous ne sommes que pour nous préparer à un recommencement. Je pense que si les gens arrivaient à se faire à cette idée, on aurait, sur Terre, des comportements autres que ce que l'on peut avoir.

P.R.d.N. : Est-ce que ce qui vous est arrivé vous a donné envie d'approfondir davantage les choses, d'aller plus loin ?

V.H. : On a une autre approche, donc on va plus loin dans des domaines particuliers. Il y a des choses qui me semblent puériles ; d'autres dans lesquelles je voudrais progresser.

Paul-René di Nitto évoque ensuite l'idée de réincarnation, à laquelle souscrivent la plupart des voyageurs N.D.E. Et voici l'exception !

V.H. : Je crois qu'on a une vie : qu'on vit dans une parenthèse, ici. Et puis on se prépare à autre chose. Il y a un recommencement, une éternité. Moi, j'ai soif de recommencement.

P.R.d.N. : Ce témoignage que vous nous donnez aujourd'hui n'est pas facile à faire passer. Vous avez ce courage. Qu'est-ce qui vous y pousse ?

V.H. : Je voudrais le faire partager à ceux qui me connaissent. Ceux qui ne veulent pas partager, ce n'est pas de leur faute. Quand on est dans le quotidien, quelqu'un vous fait mal, on a de la peine. Maintenant j'ai plus de peine pour lui que pour moi et je me dis : il n'est pas mûr. Tout le monde n'est pas prêt… on partage avec qui veut.

Ainsi se termine le dialogue. Il doit être rare de pouvoir regarder sans émotion l'enregistrement de cette émission. Les mots ne peuvent dire la beauté de certains regards ouverts aux grands larges spirituels. Ni la grandeur dans la modeste simplicité du très ancien petit cloître en lequel Vital Heurtebize vient parfois se recueillir.

Je me dois de revenir à une analyse froide de ce témoignage. La période de décrochement est courte, très courte. Ce qui d'ailleurs ne diminue généralement rien. Le début montre une vision comme en un rêve du corps allongé ; elle est généralement très nette. Enfin et surtout, Vital Heurtebize est allé très loin, mais pas au terme de ce qui est parfois rapporté : le dialogue avec la Lumière. Certes, son avancement spirituel a été très considérable. Pas au point de lui donner une vision unitaire de l'épopée spirituelle cosmique. Il comprend « nous » mais demeure « je » plus nettement que les voyageurs ayant « parlé avec Dieu ».

Quel magnifique voyage que le sien, même s'il n'a qu'approché son terme ! Pour en venir au onzième critère, celui du Dr Ring, Vital Heurtebize n'a pas été un enfant martyr. Mais c'est un poète et même un grand poète. Apte à visiter des réalités refusées aux masses.

MARIE-JOSÉE

J'ai fait la connaissance de Marie-Josée en septembre 1999 par un concours de circonstances frôlant le hasard abusif. Cette dame, maintenant âgée de 71 ans, vit en une ville du Midi de la France fort connue pour son passé historique.

Marie-Josée a été élevée de manière « droite et pure » par des parents qu'elle ne cessera jamais de vénérer. Et puis elle s'est mariée avec un monsieur occupant une situation importante dans le monde des affaires. Elle a vécu en un luxe enviable, comptant assez peu pour elle. Elle – ou plutôt son mari – recevait beaucoup, des personnalités importantes notamment. En fait, Marie-Josée n'était pas heureuse, même si deux enfants avaient enrichi son foyer. De son mari, elle supporta beaucoup, jusqu'à ce que survienne ce qui n'était vraiment pas supportable. Elle prit la décision de rompre avec celui qui ne pouvait plus être « l'homme de sa vie ». Restait à franchir officiellement le pas. C'est alors que Marie-Josée tomba sérieusement malade, une intervention chirurgicale s'avérait nécessaire, alors qu'une hémorragie faisait du pronostic une question de minutes. Marie-Josée se souvient d'avoir beaucoup parlé, juste avant l'anesthésie, les infirmières ayant précisé qu'elle racontait alors l'essentiel de sa vie. Ceci évoque évidemment la « revue de vie », presque toujours notée au cours d'une N.D.E., ou en situation de danger très grave et imminent.

Un épisode intervient ici, difficilement explicable : du sang fut apporté au chirurgien. D'une manière générale, l'infirmière apportant du sang en cas d'urgence est allée le prendre dans la réserve de l'hôpital, ou, en cas (rare) de manque, du sang a été commandé de toute urgence. Du sang d'un groupe et d'un facteur rhésus bien précis. Vérification faite – plus tard, les minutes et même les secondes comptaient – ce sang n'avait pas été commandé et avait été apporté par une dame inconnue conduisant une vieille 2 CV, une dame ayant bien précisé à qui était destiné ce sang.

Le choc entraînant un coma intervint en cours d'anesthésie : l'équipe médicale entreprit immédiatement son travail de réanimation. Le corps de Marie-Josée gisait sur la table d'opération. Tout être ne connaissant pas le phénomène N.D.E. eut donné sa tête à couper que sa conscience était éteinte, au moins totalement endormie.

On sait que des variantes interviennent au cours d'une N.D.E. Dans ce cas, le sujet ne se souvient pas d'une phase initiale d'autoscopie. Marie-Josée se trouva devant un tunnel noir mais nullement effrayant. Elle se ressentait aspirée et montait, montait. Elle percevait de plus en plus nettement une lumière brillante qui aurait pu brûler tant elle était éclatante. Tel n'était pas le cas, cette lumière, apaisante, porteuse d'un indicible amour était faite d'un or changeant en sa teinte, mouvant. « Il n'est pas possible de décrire le royaume de Lumière ; aucune expression humaine ne saurait rendre compte d'une telle splendeur, ni surtout de l'amour irradiant de la Lumière. Non seulement aucun mot ne conviendrait, mais le ressenti d'un tel bonheur absolu n'existe pas sur Terre. » Évoquant, fin 1999, un « voyage » remontant à octobre 1973, Marie-Josée, bien que très maîtresse d'elle-même, en a la « la chair de poule ».

« Des amis m'attendaient à la sortie du tunnel : des êtres très grands (1,90 m environ), aux traits extrêmement fins, aquilins, au teint basané, presque rouge, drapés en des sortes de pagnes. Ils me souhaitaient la bienvenue et me faisaient savoir leur contentement de me voir arriver parmi eux. La communication était, bien entendu, télépathique ; je la recevais par les tempes, mais avant même cette communication, j'avais la prémonition de ce que ces « gardiens du seuil » allaient exprimer. D'autres entités toutes du même type et de la même beauté, également vêtues de pagnes, allaient et venaient en une allée transversale ; celles-là m'avaient souri. Je continuais à monter doucement, lentement et, subitement, seule, je me suis trouvée confrontée à la Lumière, à l'indicible splendeur, à l'indicible amour ; comme si chaque atome de mon corps vibrait. Allais-je m'unir à la Lumière ? Un homme « de notre temps », habillé correctement, portant une cravate, s'interposa, me dit que mon heure n'était pas venue, plaçant ses mains entre lui et moi, et m'intima l'ordre de revenir sur Terre, de réintégrer mon corps. »

Si la montée avait été rapide sans plus et l'approche immédiate de la Lumière très lente dans le ressenti de Marie-Josée, le retour, par contre, lui parut rapide, en vrille, et la rentrée en un corps trop étroit pas vraiment agréable. La souffrance revenait... une paix intérieure se manifestait.

Marie-Josée n'avait pas eu le loisir d'analyser les épisodes de son voyage. Vingt-six ans plus tard, elle s'interroge et réfléchit : Mes amis m'accueillant au royaume de Lumière étaient-ils des Égyptiens, des Atlantes ? Les compagnons d'une précédente incarnation ? Et quant à l'humain de notre XXe siècle m'intimant l'ordre de repartir, il ne me voulait pas de mal : « Ton heure n'est pas venue ; tu as encore des choses importantes à réaliser sur Terre. » L'ordre était catégorique, mais formulé avec une certaine douceur.

La vie terrestre reprit son cours. Et d'abord la procédure de divorce. Marie-Josée accumula toutes les erreurs de procédure possibles et imaginables, de telle sorte que cette dame, qui avait été riche, se trouva privée de ressources et devant trouver du travail. Changement de situation nécessaire pour son évolution spirituelle ?

Marie-Josée avait des atouts dans son jeu : elle corrigeait les C.A.P. d'Esthétique, et avait été secrétaire médicale. Il n'en demeure pas moins que, même en 1973, retrouver un emploi n'allait pas toujours de soi ni, surtout, immédiatement. En ce cas, cela fut immédiat : on lui offrit un poste dans le domaine de la diététique, comportant de continuels déplacements, épuisants. Elle n'en travailla pas moins quatorze heures par jour, ajoutant à son travail-gagne – pain l'étude des médecines douces et de la diététique. Ceci lui permet, depuis son changement total d'existence, de vivre en une simplicité qui lui convient et de faire du bien aux habitants de notre planète d'épreuves.

Revenons à une analyse froide de ce qui précède. Comment Marie-Josée apparaît-elle à qui fait sa connaissance ? Que lui a apporté son voyage au pays de la Lumière ? Elle est calme, douce, maîtresse d'elle-même et prend le temps d'écouter avant de s'exprimer sur l'essentiel, ce qu'elle fait en termes nets, simples, précis. Elle sait exprimer l'inadéquation des mots pour décrire la rencontre sublime. On a beaucoup évoqué le charisme des voyageurs parvenus jusqu'à la Lumière. Tel est le cas, dans la gentillesse, la douceur... mais elle « sait ce qu'elle veut », le bonheur des siens, de ses proches... de tous les humains. Aucune crainte de la mort ne l'habite (évidence !) mais elle sait qu'il lui faut aller au terme de sa présente incarnation. Présente incarnation ? La notion de réincarnation lui semble évidente. Commentaire de l'auteur : Quiconque connaît la Lumière en termine avec son cycle de réincarnation, selon toutes les traditions concernant ce sujet. Et pour Marie-Josée…

Elle s'est ressentie baignée tout entière en la Lumière, ce qui, selon les experts, va dans le sens d'un éveil à une conscience cosmique portée par la plus infime particule de matière. Elle éprouve le besoin d'apprendre des choses essentielles concernant la vie, ses raisons. Savoir simple et évident… pour elle. Marie-Josée se ressent aidée en toutes circonstances, surtout les plus difficiles.

J'ai gardé pour la fin une phrase prononcée par le chirurgien après un retour qu'il n'espérait plus : « Madame, on n'y comprend rien, même les saignés à blanc nous reviennent ! »

Un commentaire personnel ? Quiconque enquête depuis assez longtemps sur les N.D.E. et autres formes d'Éveil apprend à distinguer l'affabulation et le véritable voyage.

Oui, Madame, vous avez été baptisée en l'Esprit, ce qui est une affaire entre Dieu et vous, pour reprendre l'opinion du Dr Moody.

NEIGE ET GOLIATH

Ce ne sont pas leurs véritables prénoms, le lecteur s'en serait douté, au moins pour le second. Neige et Goliath ne se connaissent d'ailleurs probablement pas !

Il existe quelques rares cas, environ 5 %, de N.D.E. négatives : tout va mal, le sujet se retrouve seul en des paysages plus ou moins sinistres, le retour annonce une angoisse de la mort qui durera.

Pourquoi ces rares cas ? Cela ne semble pas correspondre à un état moral ou mental préalable. L'un de mes amis, qui s'est penché sur beaucoup de cas, relie ces échecs au fait de s'accrocher terriblement à la vie qui s'en va, alors qu'en règle générale, le très connu « mieux de la fin » marque le nécessaire lâcher prise.

Neige a fait un coma. Elle s'est retrouvée seule en un paysage glacial, désespérée. Elle est revenue à la vie terrestre et depuis lors a continuellement froid, jusqu'à se couvrir d'un manteau en plein été. Et elle a très peur de la mort. Selon certains spécialistes de la N.D.E., de tels cas négatifs seraient observés chez des personnes s'étant énormément accrochées en leurs derniers instants, ayant « refusé de partir ». Aucune statistique ne certifie absolument ce fait.

Goliath a eu un accident de moto « irrationnel » vers l'âge de vingt-cinq ans. Irrationnel parce qu'il avait demandé à un ami de lui prêter sa moto pour un déplacement de cinquante mètres ! Chute, coma pendant deux mois. Et retour à la vie.

Après quelques semaines, il était évident pour les médecins que le coma de Goliath ne correspondait pas à l'interprétation des électroencéphalogrammes : il aurait dû revenir et ne revenait pas. Les médecins avaient demandé à ses parents et à sa fiancée de lui parler très souvent, ce qu'ils faisaient. Un certain jour, le professeur, chef de Service, voulut tenter une expérience : il « dopa » Goliath (piqûre, choc électrique) et demanda à son père de l'appeler très fortement par son prénom. Ce qui réussit : il revint.

Qui était Goliath avant son accident ? Un sportif de niveau international, bon vivant, qui allait convoler en justes noces la semaine suivante.

Qu'a-t-il vécu pendant deux mois ? Il vivait heureux, en un

magnifique pays, dans la campagne, avec des amis. Il faisait chaud, bon… Enfin, c'est ce qu'il a dit !

Qu'a fait Goliath après sa guérison ? Il s'est marié et, un an plus tard, contre le pronostic des médecins, a repris ses activités sportives de haut niveau.

Qu'en pense la jeune Mme Goliath ? Elle est très heureuse, mais son mari ne correspond pas à ce qu'était son fiancé : il lit beaucoup et pas n'importe quoi, s'isole souvent. Il est heureux, d'un bonheur profond, serein, hors normes à son âge. « Mais enfin, qu'as-tu vécu pendant ton long sommeil » ? « Non, ce n'est pas racontable, je ne peux en parler davantage. »

Goliath a dû aller assez loin. Qui sait, viendra peut-être le jour où il parlera…

Qui et combien ?

Le sondage de l'Institut Gallup

Élisabeth Kübler-Ross, Raymond Moody, Kenneth Ring, Michaël Sabom et leurs émules se posèrent assez rapidement une question : comment quantifier le phénomène N.D.E. ? Pour une raison simple : on voit mal un médecin inventorier, en sa clientèle ou à l'hôpital, des personnes ayant vécu une mort clinique, les voir un par un, leur décrire une N.D.E. complète, aux variantes près, et leur demander tout de go s'ils ont vécu pareille situation. À l'inverse, on voyait mal, voici un tiers de siècle, et on ne voit pas encore très bien *tous* les voyageurs se confier à un médecin. D'aucuns le firent qui s'en tirèrent avec un banal « Allez, allez, vous avez été secoué, cela va s'arranger. » À un niveau un peu plus redoutable « Allez donc voir mon confrère le psychiatre X; il vous prescrira quelques médicaments, vous hospitalisera peut-être pour quelques semaines et tout redeviendra normal. » Le silence s'impose parfois…

Certains signes, toutefois, s'avérèrent assez évocateurs pour mettre les médecins en éveil : les points relevés par Stanley Dean, notamment. S'ajoutaient à cela les confidences d'infirmières (moins redoutables que les médecins?), et les pionniers de la N.D.E. entreprirent d'essayer de quantifier le phénomène, et de le préciser étape par étape. En bonne logique, pour les raisons énoncées plus tôt, ils ne pouvaient aboutir qu'à une estimation basse. Ils parvinrent à des résultats très comparables. Ceux-ci :

- 25 à 30 % des personnes ayant vécu une situation de mort imminente selon des critères médicaux stricts avaient vécu une N.D.E. jusqu'à telle ou telle étape. Parmi ceux-ci :
- 60 % s'étaient arrêtés à une sensation de paix extrême ; la moitié avaient vécu la phase de l'autoscopie.
- 10 % avaient rencontré des « amis » après cette autoscopie.
- 5 % faisaient état de la plongée dans le tunnel.
- 15 % avaient été en l'immédiate présence de la Lumière.
- 10 % s'étaient baignés dans la Lumière.

Les effets notés par Dean se retrouvaient presque aussi accentués chez les 15 % ayant rencontré la Lumière que chez les 10 % s'y étant baignés. Le phénomène, c'est le moins que l'on pouvait dire, échappait singulièrement à la marginalité.

John Gallup junior dirigeait à cette époque le plus important institut de sondage d'opinion des USA. Le sujet le passionnait ; il s'entretint avec le Dr Moody, définit avec lui le mode opératoire de son enquête, et lança ses fins limiers sur la piste.

Bien sûr, un investigateur de l'institut Gallup et les médecins pionniers de la N.D.E. ne possèdent pas la même compétence, au moins sur deux points : tel sujet a-t-il vraiment frôlé la mort ? Dit-il la vérité ou affabule-t-il ? Notons au passage que les deux objections tendent à s'annuler et non à s'ajouter : si un sujet n'a pas vécu de N.D.E. mais n'a pas vraiment frôlé la mort, son témoignage abaisse le pourcentage. À l'inverse, un affabulateur fait monter le pourcentage. Qu'obtinrent les gens de chez Gallup ? Un chiffre tout d'abord, énorme et inattendu : 8 millions de citoyens des USA en vie au moment de l'enquête avaient connu une N.D.E. En un pays comptant alors 211 millions d'habitants, le pourcentage frôlait les 4 %. Et quant à la fréquence du phénomène, elle montait à environ 40 %, la répartition par stade du phénomène demeurant très comparable à la conclusion des médecins. Ce dernier point plaide en faveur de la fiabilité du sondage. Et puis, les 8 millions ne seraient-ils que 7, cela revêtirait-il une grande importance ?

D'autres études ont été conduites en d'autres pays, avec des résultats comparables. Je puis assurer le lecteur que, selon ma petite expérience, il en est de même en France et en Suisse. J'ai donné à ce jour, en vingt ans, plus de 500 conférences sur le catharisme ; il m'est arrivé d'inclure dans l'exposé une allusion à « l'expérience analogue à celle que fait l'âme au moment de la mort », marquant l'accession à l'équivalent de la prêtrise chez les gnostiques chrétiens, et d'abord les manichéens.[17] J'ai dû faire cela une quarantaine de fois, devant des publics allant de 15 à 700 personnes (les 15 concernent des groupes de touristes visitant le « pays cathare » à pied.) À deux exceptions près, j'ai toujours obtenu au moins un témoignage, soit en public, soit en privé. Par ailleurs, je me suis exprimé une vingtaine de fois sur les N.D.E. : j'ai toujours obtenu de « bons scores ». Je prends moins en compte mes « publics N.D.E. » ; les personnes présentes sachant souvent pourquoi elles étaient venues. Mais les « publics cathares », sans relever d'une normalité statistique absolue, s'en rapprochaient davantage. De plus, et sans que je les cherche, des cas me sont présentés. Si j'ai retenu celui de Marie-Josée, c'est bien qu'intervenait là un concours de circonstances peu banal !

---

17. L'étude comparative des textes manichéens et, d'autre part, catholiques, montre à quel point le manichéisme a été caricaturé par les vainqueurs.

Du sondage Gallup, les médecins attendaient une réponse que leurs études ne leur avaient pas fournie : Qui ? Quels étaient les sujets prédisposés ? Et, éventuellement pourquoi ? Et là, ce fut le fiasco presque complet. L'égalité devant le phénomène, la non-réponse à la question. Résumons : hommes ou femmes, jeunes ou vieux, blancs ou noirs, pratiquants d'une religion ou athées, docteurs en philosophie ou parfaits ignorants, exemples de bonté ou l'inverse… et bien d'autres exemples encore : la « démocratie » était préservée jusqu'à l'absurde. Sauf deux groupes se détachant légèrement : les enfants de moins de 7 ans, les adeptes de la méditation. Qu'en penser ? Pour les enfants, rien à dire, les médecins en étaient par avance convaincus, et leurs descriptions, exprimées, certes, en termes puérils, étaient particulièrement homogènes. Pour les méditants, qui par essence, au moins parvenus à un certain point, recherchent la Lumière, j'aurais personnellement tendance à majorer le score, non pas en vertu d'un *a priori,* mais par simple logique. Combien de personnes qui croient pratiquer une forme de méditation (elles se ressemblent toutes) le font-elles vraiment, depuis des années régulièrement ? À l'inverse, combien s'abusent – elles ? L'impact de la méditation véritable et profonde a probablement été sous-estimé par les sondeurs de l'institut Gallup.

Alors, pas d'autre critère déterminant ?

Le critère manquant du Dr Kenneth Ring

Kenneth Ring considère comme très réel le phénomène N.D.E.[18]. Il le situe dans un univers parallèle, tout aussi réel que le nôtre, mais auquel nous n'avons généralement pas accès. Cet

18. Dr Kenneth Ring : *Projet Oméga,* Ibid.

éminent psychiatre ne dit pas, mais considère probablement qu'un médecin spécialisé est plus apte qu'un sondeur d'opinion publique à cerner les critères favorisant une N.D.E. La méditation ? Sans doute puisque c'est un processus visant à l'accès à un univers parallèle. Le très jeune âge, hum… encore qu'il cite le cas d'un garçonnet de trois ans et demi narrant une N.D.E. vécue à l'âge de six mois.

Le critère manquant doit être une aptitude à s'extraire du monde sensible et à visiter de très réels mondes parallèles, même très occasionnellement. Ce qui implique des dons pour la télépathie et autres facultés dites paranormales (que la N.D.E. amplifie pratiquement toujours). Jusqu'ici, le postulat de Ring semblera relever d'un truisme. Il peut s'agir d'une constitution innée (le truisme demeure), mais généralement, ces dispositions s'installent dans l'enfance. Voilà qui est déjà mieux. Pourquoi ? Est en cause, pas pour toutes les N.D.E., mais en tant qu'avantage statistique très net, le fait d'avoir été très malheureux en son enfance. Ring retient des catégories : violences physiques et châtiments corporels, cruauté mentale, abus sexuels, manque de soins, ambiance familiale négative. De tels sujets conservent un seuil de tolérance au stress très bas et, dès lors que ce seuil est dépassé, ils ont la facilité de quitter leur monde habituel et de transférer leur centre de conscience en un univers non pas de rêve mais parallèle… et bien réel.

Le Dr Ring a certainement identifié un critère que Gallup n'avait su déceler. Considérant le fait N.D.E. comme hautement initiatique, il exprime l'idée que les souffrances subies dans l'enfance ont ainsi préparé une expérience spirituelle de très haut niveau. Le Dr Ring écrit : « Tous ceux qui sont déjà familiarisés avec mes recherches antérieures sur les N.D.E. savent bien que j'adhère personnellement et depuis longtemps à l'authenticité spirituelle des N.D.E... Le chemin qui mène vers les N.D.E. pourrait être fort différent de ce vers quoi elles mènent... Ces ceps (les traumas de l'enfance) à l'aspect si peu prometteur ont finalement porté leurs fruits : celui de la transformation de l'homme. »[19]. Un mal pour un bien : ainsi parlaient Zarathoustra, les gnostiques chrétiens et les cathares. Entre autres.

Connaissant assez bien quelques cas, j'y discerne mal une enfance malheureuse. Encore que les souffrances d'enfants ne soient pas toujours évidentes aux adultes. Les enfants martyrs ne constituent heureusement pas 35 ou 40 % de la population. Dans l'optique du Dr Ring, probablement conviendrait-il de chercher d'autres traumatismes importants ayant abaissé le niveau de tolérance au stress, plus tard dans l'existence. En concédant au docteur que l'enfance reste évidemment le moment « privilégié » où se concrétisent les traits de caractère. Demeurent les parts respectives de l'inné et de l'acquis ; pour avoir quelque idée sur le sujet, il faudrait étudier le caractère des ascendants des sujets N.D.E. On retrouve des cas concernant de tout petits enfants (18 mois, rapportés vers 3 ou 4 ans en général). Peut-être les traumas d'accouchements difficiles interviennent-ils ?

Peut-être demeure-t-il d'autres critères déterminants à comprendre et à préciser. Un pur hasard serait vraiment assez décevant s'agissant d'un processus d'une telle importance.

Il me semble bien que le défaut originel caractérisant cette recherche de candidats au voyage de Lumière est de considérer l'*humain* et non pas – si l'on peut exprimer ainsi la chose – le point de vue de la *Lumière*. Si la Lumière accueillait quiconque est capable de l'attoucher sans la souiller et en lui apportant une information

---

19. Dr Kenneth Ring : *Projet Oméga*, Ibid.

dont elle a besoin ? Nous verrons un peu plus loin que cette proposition n'a rien pour choquer bon nombre de chercheurs de l'Esprit.

Le douzième critère

J'ai rencontré des dizaines de voyageurs ; j'ai pris connaissance de centaines de comptes rendus. Les imbéciles patentés ne sont strictement jamais en cause. Gallup n'a pas non plus saisi ce critère ; il s'est intéressé au niveau de culture, ce qui n'influence en rien la statistique, pas à la qualité intellectuelle.

Qu'en déduire ? Optons pour la réponse minimale : si un imbécile vit une N.D.E., il n'en fera pas état.

Ou alors, autre chose est en jeu…

Objections

L'habitude de brûler vifs les contestataires scientifiques se perd ; Giordano Bruno semble pouvoir dormir tranquille pour un certain temps (façon de s'exprimer). Il est d'autres méthodes qu'utilisèrent les sempiternels retardataires de la recherche ; elles ne datent pas d'aujourd'hui, mais le fait N.D.E. a permis de vérifier la permanence de leur emploi.

Au tout début, en Amérique, les contestataires avaient beau jeu et le champ libre : les chercheurs agissaient isolément, la matière première de leurs travaux n'abondait pas, toutes conditions réunies pour aller au massacre. Élisabeth Kübler-Ross, cette p... de Suissesse s'était mariée avec un Américain pour trouver un vaste théâtre où répandre ses divagations ; Raymond Moody, docteur en philosophie avant de le devenir en médecine, entendait-il, à présent, tracer une géographie illustrée du ciel ? Et à l'avenant pour les autres novateurs. Ce qui eut au moins pour résultat de les mettre en relation, non pas de former une véritable équipe, mais, au moins, d'engendrer une coordination de la recherche. D'autres médecins, mais aussi des philosophes, des adeptes de la physique moderne, des psychologues adeptes de la psychologie transpersonnelle rejoignirent les novateurs. L'argumentation *ad hominen* devenait moins facile, puis, catastrophe, intervint le sondage Gallup. De par l'évidence de ses conclusions, il incita d'autres médecins à se poser, puis à poser à certains de leurs patients, des questions. Ils trouvèrent ce qu'ils ne pouvaient pas ne pas trouver. Dès lors, le phénomène s'imposait ; les contradicteurs usèrent de nouvelles armes, différentes selon la vocation de ces contradicteurs.

« Cela ne peut être qu'un ultime sursaut de la conscience, puisque rien ne subsiste de l'humain à la mort » (les matérialistes de tous bords).

« Cela ne correspond pas à ce qu'enseigne la Religion, donc c'est une illusion, voire même une illusion satanique ». Ici s'exprimaient des variantes, par exemple « Il faut attendre la résurrection des corps. » (surtout les tenants de l'Ancien testament), voire même « C'est un leurre, puisque les tenants de notre Religion (unique véritable) ne sont pas les seuls à partir ainsi. Lorsque je cite "la Religion", j'entends les religions du Livre... parce que pour un hindouiste ou un bouddhiste, le fait N.D.E. correspondait fort bien à ce qu'ils proclamaient en des termes différents depuis des millénaires. Termes différents, même pas forme différente. Allez savoir pourquoi, les Mormons, qui se réclament pourtant de la Bible, inclurent très vite le fait N.D.E. dans leur *credo.*

Les scientifiques sceptiques allaient monter à l'assaut. Certains (rares) en niant très longtemps le phénomène, ce qui donna lieu à quelques scènes que n'eût pas désavoué Courteline. Le Dr Ring contait un certain jour à la télévision ce qui était advenu un soir, lorsqu'il donnait une conférence « tous publics » sur le sujet devant deux à trois cents personnes. Un cardiologue furibond intervint : « J'ai ranimé des centaines de patients dans ma carrière, aucun ne m'a jamais conté de sornettes pareilles. » Ring n'eut pas à répondre ; un monsieur se leva dans la seconde qui suivit : « Je suis l'un des patients que vous avez rappelés à la vie, docteur, mais vous êtes bien la dernière personne à qui j'aurais conté ma N.D.E. ! » Rires, bien sûr… et d'autres interventions de sujets ayant vécu une N.D.E. Cette anecdote illustre bien la difficulté qu'il y a – en tout domaine un peu particulier – à se faire entendre de personnes estimant détenir la vérité !

Après ces pittoresques débuts vinrent des contestations plus sérieuses, émanant de scientifiques reconnus avançant des hypothèses méritant un examen approfondi. Trois types d'hypothèses revenaient souvent. La première, celle de l'hallucination pure et simple, d'une crise de schizophrénie ou d'un presque équivalent. L'hypothèse valait l'examen : il est certain que l'état chimique et électrique d'un cerveau à l'agonie semble justifier une telle opinion. Le docteur Moody, tout de même psychiatre, répondit en faisant valoir trois types d'arguments. Ces fameux états de conscience modifiés étaient toujours identiques pour l'essentiel, ce qui semblait au moins curieux. Le deuxième argument fut la très simple comparaison entre le récit fait par des schizophrènes de leurs vécus, ceci en comparaison avec des relations de N.D.E. La triste confusion, l'incohérence, les différences fondamentales intervenant de cas à cas, s'agissant des schizophrènes ; à l'inverse, la netteté, la précision, l'homogénéité des récits N.D.E. De plus, on concevait mal qu'un cerveau en train de capituler, dont l'activité électrique s'avérait nulle lorsqu'elle pouvait être recherchée, pût générer des images, des ressentis d'une telle netteté. Troisième argument : la sécrétion massive d'endorphines, hormones naturelles chimiquement assez voisines de la morphine, générant un état d'euphorie compensant l'horreur de la mort inéluctable. Ces endorphines sont générées, par exemple, lors d'une course telle le Marathon ; elles engendrent, c'est vrai, « l'ivresse des coureurs de fond », une sorte de moindre souffrance accompagnée d'une certaine euphorie (je sais de quoi je parle et puis certifier que l'euphorie et le moindre mal – bien réels – demeurent très relatifs) ; au surplus, lors des derniers mois, semaines, jours d'une maladie non convenablement traitée – le cancer, n'ayons pas peur des mots – la sécrétion de ces endorphines se produit bien… très insuffisante. Nous retrouvons encore une objection vue plus haut : ces endorphines deviendraient-elles souveraines au moment du départ, l'homogénéité de l'expérience N.D.E. n'en serait pas expliquée pour autant. Ni le fait que cette expérience ne concerne qu'un tiers ou 40 % des mourants. Et pour en finir avec cette hypothèse, le taux des endorphines d'un cancéreux souffrant mille morts depuis des semaines serait-il le même que celui d'un accidenté de la route immédiatement plongé dans le coma… et la N.D.E. ?

Autre supposition, ardemment défendue par certains psychologues : le tunnel, l'arrivée en une lumière bienveillante : les N.D.E. seraient une réminiscence de la naissance. Voyons un peu : en ce cas, où seraient la décorporation, l'autoscopie ? Acceptons le tunnel, pourquoi pas, encore que la description des voyageurs de la N.D.E. n'évoque pas du tout le tunnel traversé à la naissance. L'arrivée dans une Lumière irradiant un amour infini, un « dialogue ».

Lors de la naissance, l'arrivée dans la lumière se fait dans une atmosphère de travail, sinon de tension, de souffrance pour la mère, et quant au nouveau-né, il commence son périple terrestre en pleurant et criant… en quoi il n'a peut-être pas tort ! Qui plus est, il ne se présente pas face à la lumière et ne peut la voir lors de la traversée du tunnel. Et encore, de tous les nouveaux-nés, le bébé humain est le plus immature ; il est bien incapable de mémoriser quoi que ce soit, son regard ne peut se fixer sur rien. Supposer, malgré tout, un souvenir de ce moment, reviendrait à admettre l'existence d'un élément spirituel accompagnant l'organisme physique du nouveau-né. Horreur parmi les horreurs, pour les objecteurs matérialistes.

La plupart des pionniers de la N.D.E. admettent volontiers que celle-ci ne prouve rien de manière absolue quant à la survie ; néanmoins, tous inclinent à penser dans ce sens. Moody se dit absolument persuadé de la « réalité » de l'expérience et de la survie d'un principe spirituel. Il est une exception à la règle : Élisabeth Kübler-Ross a très longtemps partagé le point de vue de Moody (un credo à 99 %) et puis elle a changé sa façon de voir le problème. Elle a vécu un équivalent de N.D.E. (probablement un éveil de Kundalini, ce que nous verrons plus loin) ; depuis lors, « elle sait ». Comme tous les « 4e » et « 5e stades » de la N.D.E.

Les voyageurs savent et aucun argument n'ébranlera leur certitude, celle de voyants argumentant avec des aveugles.

Qui n'a pas vécu une N.D.E. se trouve dans la situation de Platon, au fond de sa caverne. Mais Platon avait su s'échapper de sa caverne. Les prisonniers de la caverne ont tout loisir d'argumenter encore et pour longtemps. Argumenter est légitime. Ergoter en niant les faits est le propre des esprits barricadés en leurs certitudes. Il en est un certain nombre !

DEUXIÈME PARTIE

LA QUÊTE

Les états de conscience modifiés

Est-il possible de vivre des états proches de la N.D.E. sans, pour autant, frôler la mort? La réponse est oui, des millions d'êtres l'ont expérimenté à tel ou tel stade, une bonne partie d'entre ceux-là l'ayant « techniquement » recherché. Avant d'entreprendre une description de ces états et une approche des méthodes pouvant y donner accès, peut-être serait-il raisonnable d'essayer de comprendre ce qui, de prime abord, semble se produire au cours d'une N.D.E. : les liens unissant l'organisme physique à ce qui apparaît se distancier du corps se distendent plus ou moins. Moins au stade de l'autoscopie qu'à celui de l'entrée en la Lumière. On pourrait dire aussi que le sujet vit un état de conscience modifié. L'expérience montre que si l'obtention de tels états résulte très souvent d'un long travail, il advient parfois qu'ils se manifestent sans préparation (consciente?) systématique. Je citerai d'ailleurs un cas de cette espèce; je le connais bien, en ayant été le sujet... oh, sans aller jusqu'à la Lumière.

Qu'est un état de conscience modifié? Une première réponse nous est apportée par les neurologues armés de leurs électroencéphalographes. Voyons un peu. En ce moment, vous qui lisez et moi qui écris, fournirions à un expert un électroencéphalogramme montrant un rythme *bêta*, c'est-à-dire une fréquence vibratoire cérébrale de 20 cycles électriques par seconde environ. C'est le rythme de l'état de veille, le sujet prenant en compte l'environnement extérieur.

À présent, quittons notre travail ou notre lecture, diminuons fortement l'éclairage ambiant, allongeons-nous tranquillement et laissons-nous aller. Je ne dis pas essayons d'oublier nos soucis… c'est le meilleur moyen d'y penser davantage ! Non, fixons – sans effort – notre attention sur un sujet apaisant, engendrant le calme. Plus ou moins rapidement (quelques secondes suffisent parfois), notre cerveau va basculer en rythme *alpha* (autour de 10 impulsions électriques par seconde). C'est le rythme du ressenti intérieur, de l'abstraction de la saisie, pour s'exprimer comme un méditant asiatique. Passons sur les autres rythmes normaux : celui du sommeil calme, celui du sommeil émaillé de rêves, et sur les rythmes signant une maladie : les orages variés de l'épilepsie et les rythmes très lents et irréguliers évocateurs d'une fracture du crâne… ou de l'approche de la mort. Contentons-nous, pour l'instant, de commencer par le début et de voir comment le cerveau réagit lorsque l'on recherche « techniquement » un état de conscience modifié. Examinons quelque chose de simple, expérimentable par tout un chacun.

Une séance de relaxation

Voyons ce qu'il advient lors d'une séance de relaxation bien conduite ; pas la première, mais lorsqu'un climat de confiance s'est installé entre le patient et le meneur de jeu. Même en ce cas, un récit n'évoque le vécu que très imparfaitement.

Une petite conversation informelle, autant que possible détendue précède la séance. Tout, rien… en fait, la séance est déjà commencée. Le (la) patient (e) s'allonge ; aucun vêtement ne le (la) serre. La pénombre a été faite. Les conditions optimales de détente potentielle doivent être réunies ici. Au cours des premières séances, il est bon que le sujet soit accompagné d'un être en qui il ait toute confiance, témoin invisible et muet mais rassurant. Un peu plus tard, cela ne compte plus guère ; beaucoup plus tard, cette présence deviendrait un handicap sauf si le témoin était parfaitement maître de lui-même, capable de n'intervenir en aucune circonstance (crise de pleurs, remontée de souvenirs douloureux… ce qui advient parfois).

Le guide suggère deux ou trois respirations calmes, détendues, un peu plus profondes qu'à l'ordinaire. Le sujet ferme presque toujours spontanément les yeux ; si tel n'est pas le cas, il faut attendre un peu, insister sur la respiration et, au besoin, enchaîner, les yeux ouverts. Fermer les yeux est un acte d'abandon, naturel dans 95 % des cas, sinon, il ne faut surtout pas l'imposer. Au maximum : « Lorsque vous en ressentirez le besoin, vous fermerez les yeux. » Le débit de voix du guide demeure calme, égal, monotone. Et surtout ne s'interrompt jamais tant que la détente totale n'est pas obtenue.

« Vos orteils se détendent, se détendent, vous sentez et ressentez (de telles quasi-répétitions aident) une lourdeur s'installe dans vos orteils. Lourd, calme ; cette lourdeur agréable, agréable, douce, monte dans vos pieds, le dessus des pieds, vous la sentez, le dessous des pieds. C'est calme, lourd, et maintenant, jusqu'à la cheville vos pieds sont lourds, lourds, ils adhèrent au matelas, vous les laissez aller, complètement, complètement… et l'on remonte comme cela jusqu'au sommet de la tête (la fontanelle, nous verrons ensuite pourquoi). Deux ou trois points difficiles peuvent être ressentis : le plexus solaire, le cou ou plutôt, derrière, l'articulation des vertèbres dorsales et des cervicales (là aussi, nous verrons pourquoi). Cette première phase demande un bon quart d'heure. Un bon test consiste à soulever un bras du sujet, généralement il retombe totalement inerte.

Au cours d'une première séance, l'opérateur n'ira pas plus loin. Viendra la suggestion de se reposer, libéré, tranquille, dans la paix. Ce qui durera de vingt secondes à dix minutes. Le moment d'intervenir à nouveau est évident : légers tressaillements, moindre abandon : des idées parasites rompent la détente. Dès la deuxième ou troisième séance, l'opérateur aura appris à anticiper sur ce moment. C'est alors « la descente », de la tête aux pieds, des respirations, le fait de tourner la tête de droite à gauche puis de la mobiliser vers l'avant (pour prévenir tout blocage vertébral). On ouvre les yeux, on s'étire, on s'étire… et on se sent mieux.

Ce qui précède est le B.A.-BA. Si l'on juge bon d'aller plus loin, existent, schématiquement deux variantes. La première consiste à amener le sujet en un site reposant qu'il a toujours aimé ; à le lui faire retrouver, détail après détail, à lui suggérer qu'il est là, au repos le plus total, devant la mer… en un jardin… et qu'une douce lumière vient le conforter, lui rendant visite (attention à ne pas employer des mots pouvant être ressentis comme agressifs, « pénétrer », à titre d'exemple.) par la porte de la fontanelle, lui apportant paix, repos, bonheur, dans la tête, le cou, les poumons, le cœur. En ce cas, c'est ici que se situe le moment de détente totale.

La seconde variante induit un état d'hypnose, avec une inféodation du sujet à l'opérateur. N'ayant aucune vocation de professeur d'apprentis-sorciers, je ne la décrirai pas ici. Je dirai seulement qu'il est facile d'induire une hypnose plus ou moins profonde à partir d'un état de relaxation.

De telles séances, répétées assez souvent, voient le sujet se libérer de plus en plus des fardeaux le rattachant au quotidien. Il demeure exceptionnel qu'il franchisse en de telles circonstances le seuil d'un Éveil comparable à une N.D.E. Cela advient quelquefois. En tout cas – tout expérimentateur me comprendra – le sujet assouplit les résistances conduisant à ce seuil.

Il existe de nombreuses variantes à la méthode exposée ici. La sophrologie s'y apparente évidemment. Le but premier de ces méthodes est le mieux être du sujet. Lequel va quelquefois plus loin que ce qu'il attendait ; l'observation valant aussi pour le guide, lequel doit être en état d'assumer l'exceptionnel, s'il vient à survenir.

Avant d'en venir aux méthodes, connues depuis l'aube des temps, par l'usage desquelles des millions de chercheurs spirituels ont franchi le seuil autrement qu'en frôlant la mort, je voudrais montrer que la plupart d'entre nous vivons, un jour ou l'autre, un petit état de conscience modifié. Rien de comparable à une N.D.E., bien sûr, une ouverture sur une autre chose parfois ressentie comme très significative. Il s'agit d'abstractions de la théorique normalité ne relevant pas du rêve, pas davantage de l'hallucination. Peut-être des critères sont-ils en cause. Tel le critère de Ring, pour rendre de telles évasions plus faciles à certains sujets qu'à d'autres.

Je vais conter ici deux petites aventures dont je puis attester. J'ai personnellement vécu la première ; pour la seconde, je connais très bien la personne ayant effectué un bien étrange voyage. Je le dis et le répète, il s'agit de petits états d'abstraction du vécu habituel, spontanés, et n'ayant rien de mystique. Ils s'inscrivent cependant de plein droit au début d'un chapitre consacré aux états de conscience modifiés.

Un matin de janvier

Les salariés de l'usine en avaient pris conscience dès la fin de l'été : le niveau des commandes ne cessait de baisser, les sociétés européennes associées nous en passaient un minimum, la société accumulait les pertes. Nul ne se faisait d'illusion : pour la troisième fois en cinq ans, un « dégraissage » était prévisible. Terme banal pour les gros actionnaires ; atroce pour des salariés qui, certains soirs, passent sans espoir de retour le pont enjambant la rivière, de l'usine au village. Ces soirs-là, coulent des larmes, à la maison, que ne comprennent pas les enfants, que les mères de famille traduisent en vaches maigres à venir, que les salariés, honnêtes et consciencieux pour la plupart, versent parce que leur dignité meurt cependant que se préparent les épreuves.

Le Comité central d'Entreprise avait été convoqué fin octobre. Cent deux licenciements étaient prévus ; une vingtaine au siège social, à Paris, les autres à l'usine. Sur un effectif de cinq cents. La crise sévissait déjà en France ; nous étions en 1981.

L'usine que j'évoque se trouve dans le Midi de la France, en un arrière-pays passablement isolé, aux sites goûtés par les estivants, mais aucunement destinés à accueillir l'implantation d'une usine desservant, en son domaine, la France, l'Allemagne, le Benelux et l'Italie. On l'aurait mieux vue quelque part en un triangle Paris-Lyon-Strasbourg. Au début, le produit se trouvait en situation de monopole et l'on ne mégotait pas sur les frais de transport. Le plus étrange demeure que les vaches grasses aient vécu vingt-cinq ans. Mais, ce temps écoulé, l'heure n'était plus au laxisme.

Et voilà, les négociations et consultations étaient terminées ; en ce jour de janvier, les bannis allaient être appelés à la Direction et s'entendre dire qu'on les regretterait fort.

Beaucoup de personnes avaient mal dormi la nuit précédente. À l'usine, quatre-vingts têtes allaient tomber ; certains salariés couraient peu de risques et le savaient. Quelque deux cent supputaient leurs chances. Je n'avais pas dormi du tout, ou presque pas. Pourtant, mon sort n'était pas en cause, je le savais, faisant partie des rares personnes dans le secret car j'avais eu à instruire les dossiers de ceux qui allaient partir. Et cela durait depuis près de trois mois, les procédures étant longues à cette époque. Depuis lors, je mettais des masques de sauvés ou de condamnés sur des compagnons de travail dont certains ne le seraient bientôt plus. Oh, je sauvais ma peau ; n'empêche que de telles situations stressent leur homme.

Vers 7 h 35, très en avance sur l'horaire, je rangeai ma voiture au parking de l'usine ; je choisis un emplacement que j'aimais bien. De là se découvraient les ruines d'un modeste château médiéval, une calme – pas toujours – rivière, à ma gauche, et, à droite, une colline de trois cent cinquante mètres de dénivelé que j'escaladais trois fois par semaine au maximum de mes possibilités… séquelles des 5 000 et 10 000 mètres d'antan ! D'ordinaire, j'embrassais ces beautés d'un regard et ne m'attardais pas. Ce jour-là, avec vingt minutes devant moi et la perspective d'une journée sombre, je m'abandonnai. Pas gai, ni paniqué… Suçotant un bonbon à la menthe qui traînait dans le vide-poche de la voiture.

Y eut-il une transition ? Des traces de pneus laissées par un camion me fascinèrent… c'était parti. Je cheminais sur le sentier bien connu ; la végétation embaumait (en janvier !) ; des lapins vinrent à ma rencontre ; ils étaient moi et j'étais eux. Le sommet de la colline resplendissait de couleurs indescriptibles. Je le rejoignis dans la béatitude, ce sommet dont les ultimes pentes m'avaient si souvent torturé ; Existent des mots : émerveillement, décorporation, transhumanisation… mots d'Académiciens. Pauvres mots… À cet instant, « je sus ». Quoi ? La réponse ne s'exprime pas en langage humain et je serais bien en peine de chercher des phrases, ou même des idées ; elles ne conviendraient pas. Je revins ; ma montre indiquait 7 h 40. Quel voyage en cinq minutes ! Oui, je sais, c'était un rêve, n'est-ce pas ? C'est bien possible, mais je n'en avais fait ni n'en refis jamais de semblable.

L'usine, en contrebas, attendait son jour noir. Je ressentais, pour les victimes, un sentiment nouveau. Pas de la pitié, une certaine compassion par laquelle je m'identifiais un peu à eux. Et je relativisais les conséquences des événements du jour, les situant en un contexte beaucoup plus général.

Quelque temps plus tard, j'ai parlé de mon rêve à un psychologue très assuré de son savoir. Angoisse, compensation, refuge onirique, et, « Pardonnez-moi, cher ami, avec peut-être une petite crise d'épilepsie temporale à la clé ». Bigre, aux approches de la cinquantaine et sans antécédent. Il m'était arrivé, d'avoir été stressé… jamais d'avoir rêvé de la sorte !

Que m'est-il arrivé de spécial par la suite ? Oh, rien de prodigieux. La persistance d'une « Lueur » porteuse de sécurité véritable, dans les mauvais moments qu'elle n'effaçait cependant pas. Et surtout une soif dévorante de chercher des clés en des domaines particuliers.

Je trouvai sous mes mains des bouquins traitant du catharisme, religion très spiritualiste et mystérieuse, détruite par le fer et le feu dans le comté de Toulouse, au XIIIe siècle. Je rencontrai des gens captivés par le même sujet, je visitai des lieux. J'établis des relations entre le catharisme et d'autres grands moments de la « Quête » humaine et, surtout, ressentis très fortement la différence existant entre un concept intellectuel de données spirituelles et leur abord intuitif. Je foulai quelques chemins que l'enseignement officiel ne laisse jamais pressentir. Quelque chose avait changé dans mes priorités, surtout dans la manière de les envisager.

Établir des relations de cause à effet demeure souvent aléatoire. Dans mon cas, je me refuse à affirmer une causalité ayant orienté mon devenir un certain matin de janvier. Mais que de hasards répétitifs et, par là même abusifs !

Dans le fond, je me suis trouvé dans la situation d'un bébé d'âge mûr se demandant à quoi rime son séjour sur terre. Avec un zeste de savoir intuitif, bien caché. Rien de très original, en somme, mais je n'ai jamais oublié ce matin de janvier.

Un matin de novembre

Kenneth Ring figure parmi les scientifiques admettant l'existence bien réelle de mondes parallèles. Y accéder pour un moment comporte-t-il un aspect initiatique ? À première vue non, si l'on s'en réfère aux splendeurs de la N.D.E. À y réfléchir un peu plus, peut-être, dans la mesure ou quiconque vit un tel épisode est au moins conduit à se poser un certain nombre de questions. En particulier sur le fait qu'à notre réalité quotidienne peuvent correspondre d'autres réalités, ici et cependant ailleurs.

Les familiers de la parapsychologie connaissent presque tous l'histoire de ces deux jeunes Anglaises du XXe siècle qui furent les témoins d'une fête donnée par Marie-Antoinette au Petit Trianon. Figuraient dans leur récit dûment expertisé nombre de détails qu'elles ne pouvaient raisonnablement pas connaître ; leur sincérité semblait d'excellent aloi. Des articles, de larges extraits de livres furent consacrés à ce voyage hors du temps.

Je vais relater ici un fait remontant à une dizaine d'années et concernant une personne que je connais très bien. Aucun subterfuge, aucune erreur, aucune escroquerie intellectuelle n'interviennent ici ; je puis l'attester, ayant été témoin de l'affaire depuis le « Tiens, je n'ai pu arriver jusqu'à la ferme d'Anne », en passant par l'ébahissement du lendemain, l'insomnie persistant au long d'un bon mois, l'expertise par un neurologue ami, une émission de télévision récompensée par le « prix Jeanne Morannier »... jusqu'à, huit ans plus tard, ce constat incompréhensible pour moi mais évident pour le sujet : « Je comprends, la ferme se trouvait en vue du château des templiers ! » Allons-y.

L'héroïne de l'aventure approchait de la cinquantaine, travaillait, vivait on ne peut plus normalement et ne manifestait aucun penchant pour l'ésotérisme. Un matin de novembre, clair et ensoleillé, libre ce matin-là, elle décida d'apporter un petit cadeau – un chien en peluche – au jeune enfant d'une amie habitant une ferme près de Rennes-les-Bains, dans l'Aude. Une contrée étrange à maints égards, soit dit au passage. Cinquante kilomètres, aller et retour, une agréable promenade en une fort pittoresque contrée. L'héroïne, nommons là Jeanne, connaissait bien Anne mais ne s'était jamais rendue en sa ferme, qu'elle avait seulement vue depuis la route départementale.

Un panneau marquait l'intersection de la route et du chemin conduisant à la ferme, chemin continuant vers Lavaldieu et Rennes-le-Château, sites marqués par d'étranges péripéties historiques. Jeanne s'engagea en voiture sur ce chemin vicinal ; elle savait devoir le quitter cent mètres après le premier croisement et aller à gauche vers la ferme d'Anne qu'elle voyait depuis le chemin. Voilà bien que sa voiture se trouva bloquée, ce que ne justifiait ni le pourcentage de la légère côte, ni l'état du chemin caillouteux sans plus. Jeanne descendit de voiture, ôta quelques pierres responsables, selon elle, de l'arrêt imprévu. Elle voulut repartir mais ne le put, ses roues patinant sans raison évidente.

Une autre ferme se trouvait à la hauteur de celle d'Anne, à droite, celle-là. Elle semblait habitée, en très bon état, un bruit de scie en provenait. En tout cas, cette ferme était bien gardée : trois chiens en descendirent, non pas agressifs mais formant un barrage dissuasif. À l'impossible nul n'est tenu. Jeanne réussit à faire marche arrière et rentra chez elle, contrariée sans plus. Elle téléphona à son amie Anne. C'est alors que commencèrent les stupéfactions et interrogations : aucune ferme n'existait en ce lieu !

Bien sûr, Jeanne et son mari entendirent en avoir le cœur net et, dès le lendemain, mirent le cap sur le mystérieux site, à la recherche de la banale erreur de chemin. Il n'y en avait pas… mais la ferme et ses gardiens (du seuil ?) n'étaient plus là. Suivirent quelques semaines d'émoi. Et le verdict d'une dame médecin, non pas consultée, mais mise au courant à la faveur d'une conversation : « Ce n'est rien, Jeanne, une petite crise d'épilepsie temporale. » Allons bon, la première en près de cinquante ans… et (ces choses-là ne se savent que plus tard) sans récidive avec dix ans de recul ! Je m'étais entendu dire la même chose en d'autres circonstances !

Un ami neurologue exerçant à Paris vint, comme à son habitude, passer quelques jours dans la région. Il connaissait bien Jeanne et son mari, pour des raisons extra-professionnelles, je le souligne. Féru d'étrange, ce spécialiste prit l'affaire au sérieux et, au long d'un repas au restaurant, se comporta comme il l'eut fait lors d'une consultation : Non, Jeanne n'avait aucun antécédent d'épilepsie, ni de décorporation, ni d'amnésie. Personne, dans sa famille n'avait ressenti de troubles de cette sorte. Non, elle n'avait pas pris de médicament neurotrope et n'en prenait jamais. Oui, ses cinq sens fonctionnaient bien lors de l'incident. Oui, elle avait bien dormi la nuit précédente. Non, elle n'avait pas bu d'apéritif, et d'ailleurs elle n'en buvait que dans les grandes occasions. Non, rien ne la contrariait ni ne l'exaltait ce jour-là... J'en passe et des meilleurs. Diagnostic : « Je ne sais ce que c'est, mais ce n'est pas pathologique. » Ouf. Mais le mystère demeurait !

À quelque temps de là, Jeanne apprit que des faits curieux s'étaient produits à maintes reprises aux alentours. En 1998, elle comprit (?) : la ferme fantôme se trouvait en contrebas du château du Bézu (Albedun aux XIIIe et XIVe siècles), domaine appartenant aux templiers, lieu chargé de bien de mythes. Elle comprit mais, lorsqu'elle me dit avoir compris, je n'y compris rien. En 1999, elle apprit que, l'avant-veille une Mercédes 190 (autre chose qu'une R 5 !) avait été bloquée au même endroit. Deux mois plus tard, un ami de jeunesse de son mari lui conta que le site des Gascous (la ferme d'Anne) avait été marqué par un sombre drame, un siècle plus tôt. Et Jeanne en est là. Elle regarde maintenant dix ans en arrière avec un certain sourire. Mais...

Que penser des deux faits relatés ici ? Dans les deux cas, il y eut une dissociation entre le supposé réel et ce que l'on peut qualifier de dimension ou d'état d'être particulier. La cause déterminante semble avoir été une situation de stress dans le premier cas ; dans le second, le lieu paraît « marqué ». Un sas vers une autre dimension ? Je laisserai le lecteur conclure, en lui rappelant toutefois que les termes « réel » et « hallucination » doivent être employés avec une certaine prudence.

Pourquoi ai-je cité ces deux faits… entre des dizaines d'autres possibles ? Pour mettre une évidence à sa place : à côté des immenses plongées dans un ailleurs que sont les N.D.E., et d'autres états d'Éveil que nous verrons plus avant, se manifestent parfois de petites brisures avec le supposé réel. De petites ouvertures donnant à penser.

En quête de l'éveil

S.S. le dalaï-lama a publié, entre autres ouvrages, *Le dalaï-lama parle de Jésus*[20] dans lequel il écrit « Dans la tradition chrétienne primitive, les Pères insistaient sur la place centrale de la connaissance dérivée de l'expérience et non du savoir conceptuel. » Il souligne que, pour les bouddhistes, l'illumination constitue l'aboutissement d'une longue ascèse. Dans le même ouvrage, il fait état de sa rencontre avec le père John Main qui insistait sur l'importance de la Méditation dans la pratique spirituelle. Le dalaï-lama a rencontré un moine chrétien de Montserrat, qui avait passé plusieurs années dans la montagne à méditer sur l'amour. Ailleurs, il est fait état d'une visite en un monastère français ; l'échange d'idées avec le père abbé faisant ressortir une identité de méthode entre les modalités de recherche spirituelle chrétienne et bouddhiste. Ceci hors de tout dogmatisme et, bien entendu, concernant d'abord les religieux cloîtrés contemplatifs. Si différence il y a, elle concerne les masses : les croyants bouddhistes (et asiatiques en général) sont informés sur le fait que l'approche de l'illumination passe par la Méditation ; aux croyants chrétiens, on demande surtout une foi et l'observance d'une loi.

---

20. S.S. Le dalaï-lama : *Le dalaï-lama parle de Jésus*, trad. française, Éd. Brepols, 1996, repris par Éd. J'ai lu, 1998.

« Méditation », dans le sens retenu ici, est à entendre comme une paix mentale acquise souvent après des années de recherche, détachement de la saisie du monde sensible, place laissée à une conscience cosmique étouffée chez la plupart des humains. Il existe d'ailleurs plusieurs formes de Méditation, depuis la « vacuité » (Méditation passive), jusqu'à la concentration hors de toute idée parasite sur des valeurs de compassion. L'une des formes les plus élevées étant l'assistance à un malade, dans la paix du silence et le don de compassion. En fait – et dans tous les cultes sérieux – la recherche de la vacuité vient après le travail sur soi afin de ressentir la compassion, cette compassion qui rapproche le méditant de l'amour infini irradié par la Lumière des N.D.E.

Qu'un méditant recherche un état de conscience modifié est évident, d'autant que le terme d'une ascèse est l'Éveil... la rencontre avec la Lumière. Mais il y a un commencement à tout.

LES PETITS MOYENS À L'USAGE DU SIMPLE CROYANT

Que peut-il bien y avoir de commun entre des actes en apparence très différents, par exemple :

- La récitation itérative du chapelet (chrétienté et islam).
- La récitation itérative de mantras (hindouisme, bouddhisme).
- Les danses rituelles autour du feu (les primitifs africains).
- L'écoute très soutenue de chants grégoriens (la chrétienté).
- Le fait de fixer très longuement son attention sur des moulins à prière (le bouddhisme).
- L'écoute très soutenue de musiques rythmées (par exemple les chamans).

J'oublie volontairement de nombreux autres exemples, mais y a-t-il un point commun ? Et, si oui, quel est-il ? Cherchons un peu. La récitation itérative du chapelet ou de mantras peut-elle être considérée en tant que prière ? Oui, en ce sens qu'elle tourne le pratiquant vers Allah (islam), Dieu et Marie (chrétienté), des déités archétypales (le bouddhisme). Mais pourquoi est-il nécessaire de tant insister dans les deux premiers cas de figure, et plus encore lorsque l'on s'adresse à des déités n'ayant aucune existence individualisée mais symbolisant des tendances ressenties par l'humain ? Qu'Allah, Dieu le Père et Marie éprouvent le besoin de se faire longuement supplier, passe encore, bien que cette notion puisse sembler blasphématoire. Mais les déités archétypales ? Non, la réponse est ailleurs et rejoint les autres cas de figure. La notion de sacré y est toujours et, donc, incite le pratiquant à se tourner vers ce qui est défini comme le Bien. Ceci étant acquis, et encore dans tous les cas de figure, au bout d'un certain temps, le mental habituel décroche de la « saisie » et le pratiquant atteint ou approche l'état de méditation (lorsque le chapelet n'a pas été récité en pensant au repas à préparer le soir). Les neurologues expriment autrement la chose : le cerveau bascule en rythme *alpha*. Donnons ici un exemple : des expériences ont été pratiquées sur des religieux orthodoxes du Mont Athos. Au cours de tels exercices, plus de la moitié d'entre eux basculent en rythme *alpha*. Nous voyons ici comment la prière conduit à la méditation. L'écoute du chant grégorien, pour qui y est sensible, génère les mêmes effets. Il en est de même, suivant les coutumes et traditions pour chacun des exemples cités. Et revient encore la notion d'état de conscience modifié !

Il serait possible de rechercher le suivi au long des mois et des années de tels processus, dans toutes les traditions. Peut-être est-il plus judicieux de choisir une tradition qui insiste très fortement sur la nécessité de cette ascèse pour qui entend se réaliser, accéder à l'état d'éveillé, autrement écrit, à l'état de vie en la Lumière, dès l'incarnation terrestre. Propos ambitieux, certes, objectif suprême.

Trois ans, trois mois, trois jours.

Lorsque l'on évoque les N.D.E., surabondent les enseignements sur le ressenti des voyageurs; lorsque l'on décrit une ascèse monacale, on en est réduit à rendre compte d'une vision extérieure: les moines ne nous narrent pas, jour après jour ou année après année, leur vécu intérieur. Ce que l'on pense comprendre, non seulement d'après les dires des ascètes concernés mais, de plus en plus, grâce à l'observation des moines ayant parachevé leur probation, c'est que, effectivement, l'Éveil qu'ils ont atteint est proche parent d'un stade ultime de N.D.E. Différentes méthodes ont cours, le *zen* diffère de la méditation tibétaine, qui diffère de l'ascèse des yogis. Voyons brièvement ces deux exemples.

Considérons un monastère tibétain à flanc de montagne, pratiquement isolé du monde. Des cellules individuelles accueillent les jeunes moines partant en quête de « leur centre ». Ils en sortent quelques heures par jour pour s'adonner aux travaux des champs ou se recueillir en forêt (deux formes nobles de méditation, pour peu que l'on vive ce que l'on fait).

Un maître – un éveillé – dirigera la formation des novices. Il s'agira de les amener à une moindre saisie du monde réputé réel et, simultanément, à un ressenti profond de l'essence spirituelle subtile. Abaissement du « je », montée de la conscience cosmique. Ceci rappelle le processus, très rapide, des N.D.E., mais aussi une fameuse maxime chrétienne: « Il faut qu'il grandisse et que je diminue. »

Le maître place chacun de ses disciples sous la tutelle d'une déité. Laquelle est purement symbolique et vaut en tant qu'incitation à la compassion et encrage pour la méditation (les deux piliers de la Quête). La *Tara verte*, déité de la compassion, est souvent choisie. Le novice est nanti d'une peinture sur soie, le *tanka*, représentant la perfection, et d'un mantra, formule à répéter itérativement, souvent *Om Mani Pe Me Hum. Om* symbolise l'Absolu, *Mani Pe Me* représente le chemin unissant l'Absolu à l'aboutissement de la Quête humaine, *Hum.* Encore convient-il de réciter ce mantra au rythme et dans la tonalité voulus. L'ascèse débute par un acte magique : le maître fait ressentir au disciple en un très bref instant ce que sera l'aboutissement de son ascèse. Comment ? D'aucuns ont évoqué l'hypnose ; je crois pouvoir affirmer qu'il s'agit plutôt d'une très intense concentration sur le 7e chakra du disciple, celui de la fontanelle, porte de la délivrance ultime. Quoi qu'il en soit, le disciple goûte à la contemplation suprême. Il s'agira de la retrouver et d'en conserver les clés d'accès. Cela pourra prendre trois ans, trois mois, trois jours, éventuellement deux fois renouvelables. Pour entrer dans la Lumière… celle des N.D.E. Les bouddhistes considèrent comme capitale une telle ascèse, permettant de « connaître la mort et de renaître » (finalité de toutes les initiations) hors la proximité de la mort. Le bon achèvement d'une N.D.E. demeure aléatoire, un éveillé passera simplement d'un état dans un autre. Ah, le mot « Méditation » est-il le maître-mot ? Non, il traduit le moyen. Le maître-mot est Compassion. Nous comprendrons pourquoi un peu plus loin.

Yogis, chakras, Kundalini.

Il est loisible à tout un chacun de faire un peu de gymnastique, d'adopter quelques postures et de se dire pratiquant du yoga. Un élève de maternelle étudie, un professeur de faculté continuera à étudier tout au long de sa vie. Pas au même niveau.

Dans sa plus haute expression, le yoga est une discipline de l'esprit, plus rapprochée de l'hindouisme que du bouddhisme. Il vise à l'*Éveil de la Kundalini*, proche parent de la N.D.E.

Trois notions se trouvent ici en jeu : la compassion, la méditation, les postures. Tout compte fait, on en sait moins sur le ressenti d'un yogi en cours d'ascèse que sur celui d'un moine tibétain. On sait que leur objectif est le même : l'accession à la conscience cosmique. Les yogis font appel à toutes les ressources de leur corps et non plus seulement à la méditation. L'éveil est obtenu lors de la libération des forces concentrées essentiellement en six zones de ce corps (les chakras 2 à 7), pleinement éveillées par le démarrage à plein régime du 1er chakra, libérant la *Kundalini* (serpent lové). D'où l'Éveil. Mais attention, un Éveil trop tôt voulu conduit aux pires abîmes, à une incurable folie. Voyons ce que les yogis nous disent de ces chakras. D'abord, honnêtes, que cette science leur vient de Chine, voici cinq mille ans. Les Chinois éveillaient le *Chi*, les Japonais, le *Ki*... et les soufis de l'islam, la *Baraka*. Ce qui revient au même, mais restons auprès de nos yogis et écoutons-les.

Le corps humain est ouvert sur les forces cosmiques et telluriques, probablement par l'intermédiaire de plusieurs corps subtils. Cette notion revient dans toutes les cultures et civilisations, même si les religions « du Livre » n'en font pas état, au moins pour les masses. Certaines zones du corps physique reçoivent sélectivement les énergies en question. *Chakra* est un mot sanskrit signifiant « roue qui tourne » ; ces roues qui tournent s'incluent dans le corps, depuis la colonne vertébrale jusqu'à des zones situées en face de celle-ci sur le devant du corps, ceci pour les chakras 2, 3, 4, 5. Les chakras 6 et 7 sont à chercher en des régions très précises de la tête ; quant au chakra 1, tout au bas de la colonne vertébrale, il recèle une formidable réserve d'énergie à la fois physique et spirituelle, la *Kundalini.* Ce chakra distille tout au long de l'existence un goutte-à-goutte de cette énergie. L'éveil de la Kundalini intervient au terme d'une ascèse pouvant occuper l'essentiel d'une existence. Il advient qu'il n'intervienne pas. Chacun des chakras reçoit une énergie s'intégrant dans le processus d'éveil ; cette énergie détermine le bon fonctionnement de plusieurs organes ; l'harmonie entre le degré d'ouverture des chakras aux énergies favorise une bonne santé physique et psychique. Les yogis, déjà avancés en leur travail, peuvent soigner par imposition des mains ; ils privilégient le plus souvent la colonne vertébrale, pour les chakras 2 à 5.

Qu'en pensent les scientifiques actuels ? Les acupuncteurs ont trouvé une appellation plus moderne pour les chakras : plexus sympathiques ; et quant au neurophysiologiste britannique sir John Eccles, il a obtenu un prix Nobel de par ses travaux sur l'activité électrique des synapses neuronales. Il a détecté avec ses appareils une zone, au niveau de la fontanelle, dont l'activité électrique s'avère extrêmement particulière : elle augmente une fraction de seconde avant que le sujet ne prenne une décision. L'aire psychomotrice d'Eccles n'est autre que le septième chakra des yogis, celui qui est réputé être la porte entre l'esprit universel et l'humain.

Le chakra 2, est à chercher à l'articulation des vertèbres sacrées et des dorsales ; sur le plan de la santé, il régit les fonctions sexuelles, et également intervient pour le traitement des maladies sexuelles.

Le chakra 3, légèrement au-dessus d'une ligne unissant le haut des hanches, reçoit les énergies nécessaires à l'assimilation des aliments et à l'élimination des déchets. Ces chakras sont « de terre » ; ils sont censés recevoir essentiellement des énergies telluriques.

Le chakra 4, légèrement en dessous d'une ligne unissant les omoplates, régit les fonctions cardiaques et circulatoires. Il existe une sorte de chakra 4 bis, au niveau du plexus solaire, important quant au contrôle des émotions et des multiples stress apportés par l'existence. Sur un plan spirituel, le cœur est considéré comme le porteur du « moi » incarné ; il est relié aux chakras de la tête, particulièrement au 7e (redécouvert par sir John Eccles !) par un réseau de canaux subtils, les *nadis*.

Le chakra 5, à l'articulation des vertèbres dorsales et des cervicales, est celui de la respiration (y compris par la peau), de la vue et de l'ouïe. Sur le plan qui nous concerne ici, ce chakra se présente en « gardien du seuil » entre les énergies telluriques et cosmiques. De fait, de nombreuses personnes en recherche spirituelle souffrent parfois de troubles vertébraux à ce niveau, sans que des examens radiologiques ne détectent une cause organique : sub-luxation, arthrose essentiellement.

Le chakra 6, plus connu dans le grand public sous le nom de troisième œil, est celui de l'équilibre (dans le sens d'insensibilité au vertige), ce que contesteront les médecins qui placent, à juste titre, le centre de l'équilibre dans l'oreille interne, mais il existe aussi des vertiges d'origine neurologique ; il semble bien qu'il s'agisse ici de ceux-là. Sur un plan subtil, ce chakra est celui de l'intuition, de la voyance, de la télépathie. Les yogis le traitent avec beaucoup de précaution, car il est aussi la porte d'évasion vers les mondes parallèles, supérieurs ou pas. Le but de leur Quête est précisément de ne pas se fourvoyer en de tels mondes, au moment de leur changement d'état d'être, de leur mort physique.

Le 7e chakra a été retrouvé par sir John Eccles ; une activité électrique plus accentuée qu'à l'ordinaire s'y manifeste dès lors qu'un humain prend une décision significative. Si le lecteur décide de tirer un coup de fusil sur l'auteur de ce livre, l'activité électrique de son « aire psychomotrice supplémentaire » (Eccles) s'activera une petite seconde avant. John Eccles a voulu situer là le lieu de jonction de l'esprit et du corps, ce qui lui a valu les quolibets de certains de ses confrères (qui n'avaient pas obtenu de prix Nobel) et le sourire de quelques yogis pour lesquels la chose est un peu plus complexe. Le 7e chakra commande l'ensemble du système nerveux, le fonctionnement des glandes endocrines ; s'il fonctionne bien, les dégénérescences rhumatismales ne surviennent pas, ou seulement atténuées et tard dans la vie terrestre. Retenons ici que le 7e chakra, dit « coronal » est la porte vers l'Absolu. Les yogis... les bouddhistes, les hindouistes et autres religieux asiatiques usent de techniques longuement travaillées pour guider le centre de conscience du mourant vers cette porte. Encore faut-il que le mourant se soit suffisamment préparé au départ en cultivant en soi la compassion universelle.

Qu'est l'*Éveil de la Kundalini*? Le fulgurant embrasement de l'énergie lovée à la base du système des chakras. Cet embrasement atteint successivement les autres chakras, jusqu'au septième. Ce qui consacre les traditionnelles noces spirituelles, mentionnées dans tous les enseignements ésotériques, entre l'ego et le Soi... ou entre la conscience humaine et la conscience cosmique. Ce processus doit intervenir à point nommé et surtout pas trop tôt, sous peine de conséquences physiologiques et mentales très graves. Le processus, une fois débuté, demande de quelques minutes à quelques semaines. Ne craignons pas l'analogie : il ressemble comme un frère jumeau à une N.D.E. du stade le plus élevé.

Deux questions demeurent en attente d'une réponse : comment les yogis guérisseurs (ou leurs émules) soignent-ils par l'intermédiaire des chakras ? Comment déterminent-ils l'Éveil de la Kundalini ?

Première question : les yogis imposent une main sur les chakras qu'ils entendent harmoniser et se détendent eux-mêmes en un état proche de la méditation. Ils se veulent de simples canaux entre « les énergies » et le patient. Un magnétiseur qui verra là l'application de son art se trompera lourdement et ne transmettra jamais – et encore – que ses énergies personnelles. Ce peut être mieux que rien mais n'a rien à voir avec le propos des véritables maîtres en la matière.

Deuxième question, l'Éveil. Nous avons vu comment le moment décisif était préparé : postures, méditation profonde... L'Éveil se présente en baptême d'Esprit. Sont en jeu le double « abandon-concentration » du Maître (l'abandon permet de recevoir un maximum d'énergie, la concentration de la transmettre ; la concentration est nécessaire spécifiquement pour la Kundalini), et l'abandon du disciple.

Notons que se manifestent parfois des Éveils non recherchés ; il demeure aisé de les dire spontanés. Un facteur non identifié doit bien intervenir.

La science donnera-t-elle un second sir John Eccles qui trouverait une traduction en termes actuels de l'Éveil de la Kundalini ? À dire vrai, les chercheurs spirituels n'attachent pas grande importance à cette éventualité.

Quittons l'Asie pour quelques lignes. En quoi consiste le geste de bénédiction commun à toutes les religions, et pas seulement à elles? En une imposition des mains sur la tête. N'importe où? Que non pas: au niveau de la fontanelle lorsque l'évêque, l'imam, le pope, le rabbin etc. connaissent « leur métier ». Curieux, non? Certains savoirs, mis à la disposition de qui le souhaite véritablement en à peu près toutes les parties du monde, sont jalousement gardés par nombre de dignitaires en d'autres parties du même monde!

Veuille le lecteur me pardonner de ne pas évoquer ici d'autres variantes de la même recherche. Ce serait passionnant mais demanderait bien des pages, voire bien des livres. J'aborderai cependant deux méthodes, certes variantes mais assez différentes en leurs processus, même si la finalité demeure la même.

Pour nous reposer un peu, faisons connaissance avec un diable. Curieuse idée, n'est-ce pas? Bah, celui-là ne se voulait pas le moins du monde porteur de forces noires!

Un diable autrichien au XXe siècle?

Je vais me faire des ennemis! Que les membres de l'École anthroposophique fondée voici près d'un siècle par Rudolf Steiner (1861-1925) daignent lire et réfléchir avant de me vouer aux ténèbres extérieures.

Héléna-Pétrovna Blavatsky avait fondé la Société théosophique; ses œuvres se comptent en milliers de pages. Il s'agit d'un prodigieux effort de synthèse entre l'Orient et l'Occident. Le mahatmah Gandhi disait avoir compris l'hindouisme au travers de ses œuvres. L'un de ses disciples, Rudolf Steiner, créa sa propre École, vouée à la philosophie, l'ésotérisme, mais aussi l'éducation des enfants et l'alimentation biologique. Il fonda un *Goethanum* mystérieusement incendié peu avant le décès de son concepteur. Il publia beaucoup, chez Triades, dont *L'Initiation* rééditée des dizaines de fois depuis 1919. Ésotériste pratiquant, Steiner, à l'évidence ne cessa jamais d'enseigner des méthodes initiatiques très blanches et pures. Dans *L'initiation,* l'auteur entend conduire ses lecteurs et adeptes à la connaissance des mondes supérieurs (sous-titre de l'ouvrage). Motivation pure et constante, calme intérieur, profond respect envers autrui… voilà qui augure bien des intentions de l'auteur. L'illumination est obtenue au terme d'une ascèse visant à une concentration puissante et bienveillante envers tout ce qui entoure le chercheur : règnes végétal, animal, humain, l'éclosion de la vie, une concentration sur le phénomène objectif et sur ce qui le sous-tend. Viendront des épreuves conduisant à la vision spirituelle de la Nature et, en divers domaines, le candidat devra opter entre des choix très difficiles.

Le petit, puis le grand gardiens du seuil (porteur du Karma, pour le premier, forme achevée du chercheur : esprit intact en Dieu, pour le second) seront rencontrés par le chercheur sur sa route. Le candidat choisit-il d'aller de l'avant et est-il mûr pour le faire, il connaît le véritable sens du monde et accède à un monde supérieur. Voilà qui est fort bien… et, semble-t-il, a conduit certains chercheurs loin sur le sentier de la Quête. J'en citerai ici un : Déodat Roché, l'un des plus fameux exégètes du catharisme au XXe siècle.

Voilà bien qu'un certain jour j'échangeais avec une amie quelques idées sur les représentants actuels de la gnose chrétienne en particulier et sur la « Quête » en général. Et, entre autres, je citais Steiner. J'obtins une réponse que je n'attendais pas mais aurais dû prévoir : « Sais-tu que Steiner est considéré comme un diable par les hindouistes ? » Diable, diable, c'est le cas de l'écrire ! Il faut dire que mon amie avait – entre autres étapes – vécu pendant cinq ans dans un *ashram* (monastère hindouiste). Mais encore ?

Les contemplatifs du monde entier (même si les Asiatiques en font davantage état que les tenants des religions du Livre) recherchent la vision de Dieu, ce qu'évoquait saint Bernard, ce que rencontrent les éveillés (Kundalini ou autres méthodes). Mon amie, je le répète, avait vécu cinq années monacales en un milieu hindouiste. Quel piège les hindouistes, les bouddhistes et d'autres veulent-ils éviter ? Celui d'un retour sur la roue des réincarnations ; autrement écrit, celui d'un passage retardateur en un monde peut-être meilleur, mais sûrement pas de la nature de ce qu'ils recherchent : l'Absolu. Pour employer le langage se référant à l'éveil des chakras, il est évident que Steiner préparait les siens à l'éveil du *sixième chakra*, encore appelé troisième œil, et pas du tout à l'envolée du principe spirituel par le *septième chakra*, celui de la fontanelle, seule voie conduisant non pas à un monde meilleur mais à la Lumière. Que déduire de ce qui précède ?

Stricto sensu, mon amie hindouiste avait évidemment raison ; encore convenait-il d'atténuer le terme « diable », d'évoquer plutôt un enseignant faisant perdre du temps à ses disciples. Mais rien n'est aussi simple dans la vie. Steiner, syncrétiste et ésotériste de premier plan, savait parfaitement ce qu'il faisait ; en quel état trouvait-il l'Occident au début du XXe siècle ? Sauf rares exceptions, il trouvait face à lui de très inexperts étudiants en la matière ; enseigne-t-on la physique quantique à des élèves de sixième ? Probablement Steiner proposa-t-il un chemin accessible à un pourcentage significatif de chercheurs spirituels… les autres, j'entends ceux qui étaient en avance sur leurs compagnons de Quête, savaient à quoi s'en tenir. Steiner pragmatique mais non diabolique, voilà qui me semble un diagnostic correct. Oui, mais.

Pourquoi mais ? Parce que les successeurs du maître disparu continuent à dispenser son enseignement sans rien ajouter ni retrancher. C'est – pardon pour la comparaison – la traction asine ou bovine sempiternellement préférée à la traction automobile, encore que la pollution…

Il est un drame qui revient chaque fois que s'exprime un maître, en d'autres domaines également, rassurons-nous : il s'agit de l'adulation sclérosante, personne n'osant tenter un pas de plus. Et voilà pourquoi nombre de grands enseignements ne cessent d'être revus à la baisse sous prétexte de se voir sauvegardés. Quel rapport entre l'enseignement d'amour du Christ et les croisades ? Ceci à titre d'exemple. Platon a été le disciple de Socrate ; il a fait en sorte de poursuivre plus avant sa recherche. Son exemple ne semble pas avoir été majoritairement suivi.

Les Chamans

Ils forment un groupe un peu à part chez les chercheurs de l'Esprit. Là aussi, existe une abondante littérature abordant le sujet.[21]

Les chamans se sont établis sur la planète entière ; il semble bien qu'ils aient exercé leur art dans la seule Sibérie pendant des siècles et des millénaires. Quelle voie empruntent-ils dans leur recherche ? Celle de la communion avec tous les éléments naturels. Les vivants, végétaux, animaux. Les éléments dont la vie n'apparaît pas à tout le monde : l'eau des rivières, des lacs, de la pluie, l'air et particulièrement le vent, le feu, par exemple les feux initiatiques autour desquels ils dansent parfois sur un tempo très

---

21. John A. Grim : *Chamane, guérisseur de l'Âme*, Éd. Pocket, 1997.

saccadé. Ils posséderaient des dons leur permettant de transférer leur conscience jusqu'en des animaux. Ayant appris à maîtriser de très puissantes énergies, ils soignent. Parfois en initiant leurs malades aux premières approches de leur art.

Trouvent-ils la Lumière ? Ils n'expriment pas ainsi leur rencontre décisive, celle du Grand Esprit qui transcende tous les esprits et en lequel tout est contenu. Transcendance et immanence, termes bien connus !

La voie rapide

J'aurais pu écrire « voie sèche », ce qui eût évoqué l'Alchimie que je garde en réserve pour un hypothétique futur ouvrage, après l'avoir brièvement évoquée en un autre.[22]

Voie sèche ou rapide, les connaisseurs traduisent à juste titre voie extrêmement périlleuse. 99 % des imprudents qui se risqueraient à s'y engager y perdraient une part de leur équilibre mental, insistant un peu, ils sombreraient dans la folie, ne renonçant pas, ils abrégeraient beaucoup leur existence terrestre. Et le 1 % restant ? Il sera fait de personnes extrêmement averties, se vouant à l'expérimentation et à rien d'autre, des êtres responsables et solides. Toute pseudo-expérimentation à l'aveuglette conduirait inéluctablement au désastre. Là encore, le Dr Kenneth Ring a « découvert »... un savoir bien des fois millénaire ; je positionnerai ce pionnier de la N.D.E. à sa place éminente sans aucun doute, mais chronologiquement la dernière. Au moins pour le moment.

---

22. Jean Blum : *Du graal au secret de la mort joyeuse*, Ibid.

Aussi loin que l'on puisse remonter dans le temps, les humains ont usé d'extraits de plantes psychédéliques afin d'échapper aux limitations de leur conscience. Citons-en quelques-unes : les *Veda* citent le soma et l'amrita, boissons à base de cannabis. Les adeptes de Zoroastre buvaient parfois du haoma, dont on ne sait trop de quoi il s'agissait. Les chamans usent d'une préparation très active à base de champignons contenant de la muscarine. Les élèves du Temple grec d'Eleusis employaient du chanvre, réputé être un pont entre deux mondes. J'en passe, pour en venir au Dr Ring, dont les premiers états de conscience modifiés lui vinrent de l'emploi du L.S.D.

J'ai usé du terme « psychédélique » et non pas « hallucinogène », car une question capitale se cache derrière les ravages dus à l'emploi de la drogue. Évidemment, quiconque s'adonne régulièrement à la drogue se voue à une inéluctable déchéance, l'accoutumance rendant vite le sevrage difficile et souvent presque impossible, selon le produit employé. La question capitale est simple : l'état de conscience modifié provoqué par de telles préparations n'est-il que nocif ? On a des raisons de penser que non. Sous un contrôle médical strict, certains malades condamnés et souffrant terriblement se sont vus administrer *une* dose de L.S.D. et ont vécu une expérience mystique métamorphosant la fin de leur existence par une atténuation durable de la souffrance et l'obtention de la sérénité particulière qu'apportent les Éveils. Le docteur Grof figure parmi les pionniers en ce domaine. [23]

Certes, des doses essayées sans référence valable, entraînaient les patients en de véritables états de délire, de pseudo-schizophrénie… cependant, des doses mûrement calculées procuraient un

23. Dr Grof, cité par Patrice van Eersel : *La source noire,* Ibid.

état ouvrant sur une dimension peut-être authentiquement spirituelle : un frein imposé au mental, la montée d'une conscience le dépassant. Les faits en décidèrent autrement – ce qui est peut-être mieux – lorsque le L.S.D. échappa aux Laboratoires, en 1967, pour devenir la marchandise des trafiquants et le poison des drogués. L'ennemi était catalogué ; aucun médecin sérieux ne pouvait en rechercher des qualités, de toute façon suspectes.

Je ne saurais trop le redire, une « voie sèche » porte toujours en elle de terribles dangers. Dans le cas qui nous occupe, comme en tout autre.

Sir Arthur Conan Doyle (1859-1930) échappait à toute poursuite au prétexte d'incitation à la drogue, lorsque se manifesta le fléau L.S.D. Son personnage favori, Sherlock Holmes, fumait l'opium, mais il appartenait à la fiction. Beaucoup d'artistes et d'écrivains ont, de notoriété publique, trouvé leur inspiration dans la drogue ; eux aussi recherchaient une ouverture…

En un tel domaine, l'erreur ne pardonne pas. Ce qui impose d'en rester là.

Initiation et sociétés initiatiques

L'inventaire des sociétés secrètes, discrètes, initiatiques… relève de l'impossible pari. À l'époque actuelle, de dramatiques abus (le Temple solaire en premier, mais il n'est pas le seul) ont conduit le Législateur à dresser une liste de « sectes », ce qui relève d'un autre impossible pari découlant d'un constat suivi d'une interrogation. Le constat : aucune vérité théologique n'est intellectuellement démontrable ; l'interrogation : dans ces conditions, où se situe la frontière entre une religion et une secte ? Un premier critère semble se présenter ici : la nuisance avérée. Fort bien, mais les bûchers, les guerres de religion, les massacres perpétrés au nom de la foi ne sont-ils pas pure nuisance ? C'est du passé ? Allons donc, cela n'a jamais été plus actuel. Je n'insiste pas. Certaines institutions à vocation initiatique perdurent depuis des siècles ; je n'en retiendrai qu'une, à titre d'exemple : la Franc-Maçonnerie. Je devrais employer ici le pluriel, car de nombreuses obédiences se partagent le terrain, plus ou moins sympathisantes, se voulant parfois ignorer et mépriser. À partir d'un tronc commun, ces obédiences se sont plus ou moins orientées vers un humanisme, la recherche d'une puissance en ce monde, pour son bien évidemment, ou bien encore une authentique recherche spirituelle. Ces vocations interfèrent parfois ; ignorons-le et renseignons-nous quant à une initiation maçonnique. Mais entendons-nous d'abord sur la terminologie.

Les termes « initiation » et, par voie de conséquence, « initié » sont à entendre en deux sens différents. Étymologiquement, un initié se voit placé à l'entrée d'un chemin, muni des indications lui permettant d'y faire quelques pas. Dans l'acception souvent retenue aujourd'hui, un initié a accompli un immense parcours, voire a atteint l'objet de sa recherche. Tenons-en compte ici.

Les grandes étapes d'une initiation maçonnique sont connues de tout le monde. Dans un ordre dispersé, on y trouve le séjour dans le cabinet de réflexion, la présentation de « l'ennemi » que l'apprenti approche les yeux bandés ; lui enlève-t-on le bandeau, il découvre en un miroir l'ennemi : lui-même. La descente symbolique au centre de la Terre lui permet de réviser son Latin. Ici, le vitriol n'a rien à voir avec l'acide sulfurique. Les initiales V.I.T.R.I.O.L. évoquent un conseil, une indication : *Visita interiora terrae rectificandoque invenies occultum lapidem.* Soit : « Visite l'intérieur de la terre et, en te rectifiant, tu trouveras la pierre cachée. » D'étape initiatique en étape initiatique, on en vient à la mort symbolique suivie d'une renaissance.

Edouard Schuré écrivit en 1891 un ouvrage qui devait être réédité une centaine de fois, *Les Grands Initiés*[24]. Était-il maçon ? Je n'en sais rien mais ne le nie pas *a priori.* En tout cas, il nous conte en son ouvrage, une initiation égyptienne, au sein du grand temple de Memphis. Sachant que la franc-maçonnerie se réclame d'une ascendance égyptienne, on ne peut qu'être frappé par des analogies transposées dans le temps et l'espace. Partons pour l'Égypte antique, sans perdre de vue le mouvement initiatique actuel le plus connu.

Voyage supposé en Égypte

Le visiteur veut entrer dans le secret des dieux, connaître le voyage de l'âme après la vie. Il frappe à la porte du temple de Memphis. Des serviteurs l'introduisent en une cour où l'attend un hiérophante. Un premier entretien atteste du souhait sincère du voyageur. Le hiérophante l'invite à le suivre et le voyageur franchit une porte masquée par la statue d'Isis dont aucun mortel n'a soulevé le voile. Dans le sanctuaire occulte, le voyageur est averti : la folie ou la mort pour le faible ou le méchant, la vie et l'immortalité pour le fort et le bon, voilà ce qu'offre le temple. Le voyageur peut encore renoncer. Il persiste et passe d'abord une semaine dans la cour intérieure, occupé aux travaux les plus humbles. Au premier soir des épreuves, le voyageur est conduit

---

24. Edouard Schuré : *Les grands initiés.* Éd. Perrin, 1960, pour la 92e édition, recomposée en raison de l'usure des clichés initiaux.

dans un vestibule bordé de sinistres statues à corps d'hommes et têtes d'animaux. Au fond, une momie et un squelette humain debout sont vis-à-vis. Deux assistants indiquent au voyageur un couloir où l'on ne peut pénétrer qu'en rampant. S'il s'y engage, ce sera sans retour. Il rampe alors, seul dans le couloir ; entend une voix lui répéter sept fois « Ici périssent les fous qui ont convoité la science et le pouvoir. » Au terme d'une descente vertigineuse, il échappe à un abîme, trouve un escalier conduisant à une galerie où l'accueille le gardien des symboles sacrés. Le gardien lui explique l'accord des lettres et des nombres par lequel interagissent le monde divin, le monde intellectuel, et le monde physique. L'homme, par l'expansion de ses facultés, peut ainsi accéder aux sphères concentriques de l'infini. Le voyageur va d'arcane en arcane et soupçonne pour la première fois le dedans du monde par la chaîne mystérieuse des causes. De lettre en lettre, d'arcane en arcane, le gardien conduit le voyageur jusqu'au char d'Osiris et à la couronne des mages.

Mais les épreuves ne sont pas terminées : voici une voûte à l'extrémité de laquelle crépite une fournaise ardente. C'est une illusion d'optique entretenue par de simples broussailles enflammées. Vient ensuite l'épreuve de l'eau morte et noire que le voyageur traverse à la lueur d'un incendie de naphte.

Après tant d'émotions, voici le calme d'un lit moelleux, l'instant est promis au repos. Une musique lascive bourdonne et s'affirme. Enveloppée de gaze pourpre transparente, une femme de Nubie survient, splendide : « As-tu peur de moi, étranger ? Je t'apporte la récompense des vainqueurs, l'oubli des peines, la coupe du bonheur. » Le voyageur succombe-t-il, il est perdu ; il a triomphé de la mort, du feu, de l'eau, mais a succombé à la tentation des sens. Il a sauvé sa vie mais restera jusqu'à sa mort esclave du temple. Le voyageur résiste-t-il ? Douze néocores armés de flambeaux le conduisent triomphalement dans le temple d'Isis où des mages l'attendent, réunis en assemblée plénière. La statue d'Isis est là. L'hiérophante fait prêter au nouveau venu le serment du silence et l'accueille en compagnon et futur initié.

Le futur initié n'est admis qu'au seuil de la connaissance. Un très long apprentissage l'attend. Il gagnera la force par le renoncement. Ses maîtres affecteront de l'abandonner, les dieux garderont le silence : « La vérité ne se donne pas, on la trouve en soi-même. » Viendra l'abandon : « O Isis, puisque mon âme n'est qu'une perle de tes yeux, qu'elle tombe en rosée sur d'autres âmes et qu'en mourant je sente leur parfum monter vers toi. Je me sens prêt au sacrifice. » Alors viendra l'hiérophante : « Tu as pressenti la vérité en descendant au fond de toi et en y trouvant la vie divine. Mais nul ne franchit le seuil d'Osiris sans passer par la mort et par la résurrection. L'adepte passe vivant par le tombeau pour entrer dès cette vie dans la lumière d'Osiris. Couche-toi dans ce cercueil et attends la lumière. Cette nuit, tu passeras par la porte de l'Épouvante et tu atteindras le seuil de la Maîtrise. »

Nuit d'épouvante. Froid du tombeau. Dissolution du corps. Extase. Isis est là : « Je suis ta sœur invisible, je suis ton âme divine. Et voici le Livre de ta vie, les pages pleines de tes vies passées, les pages blanches de tes vies futures. Un jour, je les déroulerai toutes devant toi. Tu me connais maintenant. Appelle-moi, je viendrai. »

L'extase se dissipe. L'adepte est sorti du tombeau. Il célèbre avec ses frères l'agape des initiés.

Schuré termine son chapitre alors que l'adepte écoute l'Histoire éternelle du Monde relatée par la « Vision d'Hermès ». Une version en a effectivement traversé le temps et se trouve en tête des « Livres d'Hermès Trismégiste », sous le titre de « Poimandrès ». Le destin des âmes y est inscrit et aussi la doctrine du Verbe-Lumière, divinité à l'état statique. Et les trois natures triples de l'Être : intelligence, force et matière ; esprit, âme et corps ; lumière, verbe et vie. L'initiation est longue, complexe... elle s'achève alors qu'une musique intime parle au nouveau prêtre d'Osiris : « L'âme est une lumière voilée. Quand on la néglige, elle s'obscurcit et s'éteint, mais quand on y verse l'huile sainte de l'amour, elle s'allume comme une lampe immortelle. »

On le voit, la mort et la renaissance symboliques portent en elles la clé de l'initiation, au moins selon Schuré, et, probablement, dans une perspective maçonnique.

Chercher, ne le sachant pas.

Si la nécessité d'une quête spirituelle est inscrite au profond de l'humain, si cette recherche passe nécessairement par une mort symbolique suivie d'une renaissance, si le vécu d'un tel processus apporte une maturation nécessaire au franchissement d'une indispensable étape, pourquoi tous les humains n'en ressentent-ils pas l'appel ?

L'ascèse monastique ne correspond pas nécessairement à la vocation de chaque humain ; réussie, elle marque peut-être l'achèvement d'un cycle. La mise en situations symboliques et émotionnelles, organisée selon des rites définis apparaîtra moins contraignante, ne marquant pas de rupture entre le vécu précédent et l'ascèse choisie. Il s'agit cependant de l'intégration d'une dimension importante au vécu quotidien. D'un choix capital accepté.

Manquent parfois l'opportunité, une analyse véritable, les rencontres favorisant d'abord une réflexion, puis une prise de décision fondée sur un ressenti de nécessité très puissante.

N'existe-t-il pas des situations de substitution, symboliquement comparables aux modes opératoires classiques des initiations ? Avec, sous-jacentes, la mort symbolique et la résurrection ?

Que font les spéléologues plongeant à l'intérieur de la terre avant de revenir à sa surface ? Les alpinistes frôlant délibérément un péril mortel ? Des humains se lançant dans le vide, retenus à la vie par un élastique ? Ils créent pour quelques heures, minutes ou secondes, un ressenti de mort frôlée. Leur conscience s'en trouve souvent modifiée. Pas jusqu'à l'Éveil... mais tout processus suppose un début !

Petite halte et mise au point

Peut-être est-il temps de nous accorder une petite halte, et, auteur et lecteur confondus, de faire le point sur ce qui précède. Sont en jeu des faits différents mais reconnaissant un point commun : la connaissance des états de mort imminente et des éveils obtenus sans que se manifeste un péril mortel imminent, par deux groupes de méthodes différents.

Il est avéré que 33 à 40 % des personnes frôlant la mort vivent des états donnant à penser que leur centre de conscience peut se distancier de l'organisme corporel, et plus particulièrement du cerveau. Poussées à leur étape ultime, de telles expériences modifient profondément la personnalité des sujets, elles génèrent une indicible félicité et donnent aux sujets l'impression d'avoir compris le sens de l'Univers, d'avoir surajouté à leur conscience habituelle une conscience cosmique, ainsi nommée, faute de mieux. La fréquence et la quasi-similitude de ces expériences donnent à penser qu'il s'agit là d'un processus normal. La notion de survie est très sérieusement envisagée ; les objecteurs n'ont pas la partie belle. Bien entendu, le Dr Moody est le premier à l'affirmer, « cela ne prouve rien ». Les voyageurs ne ressentent aucun besoin de preuve, en dernière analyse, de par l'intensité et la splendeur de l'expérience. Les voyageurs ayant seulement vécu le début de l'expérience (l'autoscopie) sont, eux aussi, persuadés que la conscience n'est pas prisonnière du cerveau.

Depuis des millénaires, des religieux de toutes confessions et aussi des chercheurs atypiques pratiquent des méthodes ayant chacune leur spécificité, mais dont le point commun est le même dans tous les cas. Qu'on baptise l'état recherché éveil, accession à la conscience cosmique, transhumanisation de l'homme en dieu, ou autrement encore, ne change rien au but de l'ascèse. Il s'agit, dans le cas présent, d'êtres se vouant entièrement à leur Quête, presque toujours vivant hors du monde. Plusieurs spécialistes de la N.D.E. considèrent de tels états comme des équivalents des stades élevés de la N.D.E. Dans les cas évoqués, le dépassement – parfois soudain et toujours spectaculaire – de la conscience habituelle est généralement le fruit d'une longue ascèse. Certaines constatations médicales (modifications de l'électroencéphalogramme, redécouverte de zones particulières : les chakras) ne démontrent rien mais prouvent qu'il se passe quelque chose de significatif sur un plan neurologique. Bien que l'exprimant autrement, les chercheurs tendent vers un état mental et spirituel leur ouvrant une dimension supérieure. Ce qui intervient lors des N.D.E. Il est fait mention de quelques cas d'éveil (ou N.D.E., faire la différence s'avérant difficile) intervenant de manière en apparence spontanée.

Simultanément, des écoles initiatiques, dont certaines font preuve de sérieux, proposent à leurs membres une voie réputée conduire à un certain état d'éveil. Les méthodes sont, ici, basées sur des mises en situation simulées comportant des chocs émotifs alternant avec des périodes de réflexion. Les traditions attachées à de telles pratiques font état d'une prise de conscience supérieure ; la littérature mentionne des équivalents d'éveil. Ils ne foisonnent pas. Ces pratiques sont proposées à des sujets bien inclus dans la Société ; certains d'entre eux considèrent très sérieusement la finalité de leur processus initiatique.

Ma petite recherche personnelle m'a fait rencontrer des sujets ayant connu la Lumière de la N.D.E., des éveillés dont il était évident qu'ils rayonnaient une sérénité et un charisme hors de pair. Par ailleurs, il apparaît que certains adeptes de sociétés initiatiques parviennent à une ouverture sur une dimension très élargie de la conscience.

D'autres que moi se chargent, avec beaucoup de compétence, de démonter la machine grippe-sous des faux *gurus*, initiateurs et autres charlatans pseudo-spirituels. Ceux-là se comptent par légions ; ils profitent, semble-t-il, d'un vide laissé par des institutions millénaires ou plusieurs fois millénaires, les unes se mourant de langueur, les autres sombrant en un intégrisme barbare.

Il semble que l'humanité aborde une situation nouvelle. Tout s'accélère dans nombre de domaines. Les rapports sociaux, au moins en Occident, se détériorent. Les « valeurs », pas seulement religieuses, mais artistiques, culturelles sont confrontées à l'assaut combiné du matérialisme de principe, d'un égoïsme majoritaire, d'un art et d'une culture décadents, allant curieusement de pair avec une technologie triomphante.

Quelques êtres cherchent une lumière tapie au fond de leur cœur ; ils veulent croire en un futur qui chanterait. Parmi ces chercheurs de lumière, quelques-uns sont des scientifiques. La science a revu récemment beaucoup de ses axiomes.

L'abord de certains concepts scientifiques de pointe nous aidera peut-être à avancer dans l'étude de ce que le bon ton commande encore d'appeler le phénomène N.D.E.

Pas de hasard à l'échelle cosmique

Existe-t-il une conscience cosmique ? Cette question eut laissé pantois la totalité des scientifiques, voici un siècle : l'Univers était une mécanique obéissant à des lois, c'était tout. Le XIXe siècle attendait du XXe l'addition de quelques décimales à certaines données un peu imprécises encore. L'Univers allait au hasard, probablement depuis toujours et pour toujours et quant à l'homme, porteur de conscience, le même hasard avait engendré son apparition sur Terre. Bien sûr, la mort marquait inéluctablement son terme. Les Égyptiens ou les Grecs de l'Antiquité en fussent restés médusés ! Voyons brièvement ce qu'il est advenu de ce monde en l'an 2000. L'éventualité qu'existe une conscience cosmique découle de certaines avancées scientifiques encore imparfaitement comprises du plus grand nombre, car échappant radicalement à ce qu'il est convenu d'appeler les idées reçues.

99 % des astrophysiciens ont souscrit à la thèse du « Big-bang ». À tort, à raison ? Je ne puis qu'emboîter le pas au plus grand nombre. Ce Big-bang aurait eu lieu voici une quinzaine de milliards d'années, à deux ou trois près. Au début tout ce qui forme notre cosmos était assemblé en une « singularité », une chose indescriptible moins

grosse qu'une lentille, renfermant toute l'énergie-matière de l'univers dont nous contemplons une partie à condition de recourir à de bons télescopes. Il serait possible d'ergoter sur l'âge de l'univers : Einstein a démontré au monde ébahi qu'un corps d'une densité inouïe vivait en un temps extraordinairement modifié. Autant dire que, pour une impossible horloge extérieure, les dix premières secondes auraient duré des millions d'années au moins. Passons... Les astrophysiciens renoncent à définir cet univers naissant en deçà du « Temps de Planck », soit 10^{-43} secondes. À ce moment existe une énergie indescriptible en état d'explosion. Vieillissons un peu, jusqu'à 10^{-5} secondes, ou des millions d'années si l'on veut tenir compte de la distorsion du temps due à la prodigieuse densité de cet univers naissant. Apparaissent des particules-ondes élémentaires... oh, pas encore des protons, neutrons ou électrons : leurs ancêtres. Déjà ces particules sont soumises à deux forces opposées : l'explosion tendant à les disperser et l'attraction universelle, tendant à les ramener à la singularité initiale. Le calcul montre que si l'une de ces deux forces avait été différente, en plus ou en moins, de 10^{-40} %, l'Univers fût mort-né, soit par retour à l'état initial, soit par dispersion mettant fin au processus de sa formation.

Je ne me lancerai pas dans un cours d'astrophysique ; je citerai simplement quelques phases de la suite amenant à l'état actuel de l'univers, même considéré comme inerte : constitution des atomes, des molécules, d'amas de gaz, condensation de ceux-ci en nébuleuses, en galaxies, explosion de *super novae* engendrant la création d'atomes lourds nécessaires à la vie biologique, constitution de planètes et pérennité de leur mouvement orbital, ceci pour les principales étapes formant d'ailleurs une suite logique. Lors de chaque étape, les éléments concernés étaient soumis à des forces opposées. Un petit exemple : au sein d'un atome, les électrons et les protons sont attirés les uns vers les autres, de par leurs polarités électriques opposées ; par contre, l'inertie engendrée par le déplacement des électrons tend à leur éloignement définitif ; le compromis, très schématiquement le fait que les électrons décrivent une orbite autour du cœur de l'atome, admet une tolérance de l'ordre de un contre un milliard. Et, ainsi, à l'avenant. Pour le moment, dix-sept cas de figures sont considérés comme aussi exigeants quant à la précision des supposés réglages. Aucun astrophysicien ne croit plus au hasard.

Venons-en au vivant. Voyons simplement comment est constitué l'ADN humain. Tout biologiste nous dira qu'il est effroyablement complexe ; il expliquera à un statisticien les données de cette complexité. Celui-ci, mobilisant son ordinateur, nous dira que la Nature telle que nous la saisissons (déjà non imputable au hasard) tâtonnant jusqu'à obtenir une chance sur deux de réussir une molécule d'ADN eût utilisé plus d'atomes que n'en compte l'Univers.

Deuxième interrogation, longtemps sans objet alors que l'on voyait en la Terre le centre de l'Univers : notre planète est-elle la seule habitée dans le cosmos ? Il est de bon ton d'admettre que la vie n'existe que sur Terre dans le système solaire ; au moins des formes de vie évoluées au niveau d'une bactérie. Cela semble vrai, avec un point d'interrogation sur les débris supposés de la planète manquante entre Mars et Jupiter. Une loi empirique et approximative définit l'éloignement progressif des planètes par rapport au Soleil. L'astronome allemand Bode (1747-1826) la définit approximativement ; son système a été affiné depuis lors. Quoi qu'il en soit, une planète manque entre Mars et Jupiter. Des milliers d'astéroïdes circulant entre Mars et Jupiter, il est des raisons de penser à l'éclatement d'une planète. Il advient que certains de ces débris tombent sur Terre ; bien entendu, lorsqu'on les repère, on les analyse. Eh bien, les chimistes ont noté sur certains d'entre eux la présence d'acides aminés, dont la formule est déjà fort complexe et que l'on sait être les précurseurs de la vie. Vient une objection : il s'agit de pollutions ajoutées sur Terre, ou lors de la traversée de l'atmosphère. Et la réponse est négative, car un acide aminé d'origine terrestre est toujours dextrogyre ; ceux-là sont indifféremment dextrogyres ou senestrogyres, c'est-à-dire déviant à droite ou à gauche le plan de polarisation de la lumière.

Dernière question : le système planétaire entourant notre étoile, le Soleil, est-il l'exception ou, plus ou moins, la règle ? Observer directement une planète a, dans le meilleur des cas, quatre années-lumière n'est pas réalisable. Par contre, savoir indirectement que des planètes orbitent autour d'une étoile est possible lorsque cette étoile est assez rapprochée, disons dans un rayon de dix à douze années-lumière, la présence d'un système planétaire entraînant d'infimes modifications dans le mouvement apparent de l'étoile. Sur les vingt étoiles les plus rapprochées de notre système solaire, la moitié sont entourées de systèmes planétaires ; d'autres peut-être aussi, mais alors s'agirait-il de planètes pas plus importantes (en masse !) que notre Terre, ce qui rendrait l'observation des irrégularités du mouvement de l'étoile très aléatoire en l'état présent des moyens utilisés.

Lorsque l'on sait que la vie naît immanquablement quand certaines conditions sont réunies, que des sœurs jumelles de la Terre existent très probablement dans l'Univers, que la vie s'adapte à des conditions extrêmes (on a trouvé des virus au cœur de réacteurs atomiques), on peut à bon droit supposer que l'univers abrite bien des formes de vie. Les statisticiens travaillant sur ce problème, compte tenu de nombreuses inconnues, jouent avec les milliards.

Par ailleurs, il est établi sur Terre, et donc probable ailleurs, que deux forces différentes vont l'une diminuant, l'autre augmentant, et ce depuis des milliards d'années. L'*entropie*, tel est le nom savant qualifiant la continuelle diminution de la capacité énergétique de l'univers ; celle-là est constatée et expliquée dans l'univers tout entier. La *néguentropie*, tel est le terme – pas encore admis par l'Académie, me semble-t-il – qualifiant la montée en information de l'univers. Évidente sur Terre, depuis les formes primitives de vie (et probablement avant) jusqu'à l'homme (et probablement après), elle est probable ailleurs.

J'en appellerai à deux sommités pour conclure ce paragraphe.

Francis Crick, prix Nobel, découvreur de l'ADN : « Un homme armé de tout le savoir à notre portée aujourd'hui se devrait d'affirmer que la vie paraît actuellement tenir du miracle, tant il y a de conditions à réunir pour la mettre en œuvre. »

Henri Bergson, illustre philosophe, (1859-1941) sur son lit de mort : « L'univers est une machine à faire des dieux. »

Expériences

Le centième singe

Expérimenter avec les animaux, encore ! Dans le cas que je vais citer, la S.P.A. n'a pas bronché et Brigitte Bardot aurait même souri si elle avait, en ce temps, mis fin à sa première carrière et entrepris de protéger les animaux.

Les expérimentateurs composent un échantillon-type de la population simiesque, peu importe leur race : tant de mâles, tant de femelles, de vieux, de jeunes, de dominants, de dominés… Ils offrent à leurs frères dits inférieurs un joli voyage en une agréable petite île du Pacifique. Très jolie île… mais dépourvue de toute ressource alimentaire ! Qu'à cela ne tienne, chaque matin viendra un marin-livreur apportant une quantité adéquate de patates douces. Elles sont au goût des singes ; ils s'organisent ; tout va bien. Les catastrophes surviennent lorsque tout va bien, c'est connu.

Voici, un beau matin, la livraison-catastrophe : les patates ont été enduites de fioul. Mauvaise plaisanterie s'il en fut ! Qu'adviendrait-il si seuls des mâles étaient en cause ? Nul ne saurait le dire, c'est toujours une guenon qui trouve la solution : elle va rincer les patates dans l'océan. Plus de fioul, une bonne saveur d'iode et de sel ; la guenon géniale déguste son repas. Point sots mais plus ou moins rapides dans leurs déductions, les autres singes ont observé la scène. Quelques-uns, puis quelques autres, imitent leur géniale salvatrice. Le problème est résolu au bout d'un temps x très exactement mesuré.

À quelque temps de là, une expérience similaire est tentée dans une autre île, comparable à la première. Cent autres singes sont isolés en ce lieu dépourvu de toute possibilité d'alimentation. Il ne s'agit évidemment pas des mêmes animaux, mais de la copie conforme du précédent échantillon de la population. Le même scénario est réalisé, avec le même résultat final. Acquis un peu plus rapidement. L'expérience est renouvelée à plusieurs reprises et, à chaque fois, la performance chronométrique est améliorée.

Cristaux, vélo, ordinateur, virus.

Les physiciens et les chimistes connaissent bien tous les cristaux naturels. Un cristal marque une certaine mise en un ordre logique d'atomes ou de molécules amorphes en leur état le plus courant. Les éléments cristallisés font exception parmi les formes amorphes : combien de diamant pour combien de houille ? Il s'agit dans les deux cas de carbone, mais le carbone pur s'est cristallisé dans des conditions particulières de pression et de température et peut-être pour d'autres raisons encore ; il est devenu du diamant. Le carbone est un corps pur, de numéro atomique 6. Certains corps composés veulent bien accéder à la qualité de cristaux. Il est toujours possible de créer en laboratoire des corps composés auxquels n'avait pas pensé la Nature ; obtenir leur cristallisation est nettement moins facile. Il advient que plusieurs laboratoires s'attaquent simultanément au problème ; à Paris, Tokyo, New York, Sydney et ailleurs. Un certain jour, et sans savoir pourquoi, un laboratoire obtient la cristallisation d'un fragment de ce corps jusque-là banal. Dans les jours qui suivent, ou les semaines, les autres laboratoires obtiennent la cristallisation recherchée, sans rien avoir modifié à leurs méthodes. Et l'intervalle entre deux réussites diminue à chaque fois.

À propos de vélos et d'ordinateurs, plus passe le temps et plus leur utilisation devient monnaie courante, plus leur usage devient aisé. L'exemple du vélo valait voici bien des décennies, celui de l'ordinateur est très actuel : quel grand-père de soixante ans eût-il jonglé avec un ordinateur comme le fait son petit-fils de dix ans ? Le père, intermédiaire entre les deux avec ses trente-cinq ans, est aussi intermédiaire quant à l'aisance d'utilisation. Sauf s'il a fait de l'informatique sa profession !

Voici quelques années, deux professeurs de médecine prétendirent tous deux au titre de découvreur d'un sinistre rétrovirus, celui du Sida. Peut-être avaient-ils tous deux raison !

Il découle de ce qui précède et de mille autres faits assez similaires que des informations viennent enrichir un savoir subconscient, planétaire, voire cosmique, en lequel puisent inconsciemment les humains que nous sommes. Plus une expérience est tentée et réussie et plus elle devient accessible. Ce qui est un fait indéniable.

Le très connu physicien Rupert Sheldrake a formulé l'idée d'un « champ morphogénétique », constituant le support de cette information. Ayant reconnu ne pouvoir, pour l'instant, définir un tel champ, sa théorie n'a fait l'objet d'aucune attaque bien méchante. Sheldrake et ses disciples ont eu de sérieux assauts à contenir lorsqu'ils ont proposé l'idée que l'évolution chère à Darwin, et même le maintien d'une physionomie, vieillissante au fil des ans, mais constante chez tous les êtres vivants, doivent davantage à ces fameux champs morphogénétiques qu'à des données chromosomiques. Ceci concerne peu notre enquête ; je voudrais tout de même noter que la notion de conscience cosmique, ou transpersonnelle pointe le bout de l'oreille sur un plan scientifique. Ce qui n'est pas fini.

Le paradoxe d'Alain Aspect

Albert Einstein avait défini la vitesse de la lumière (299 792,458 km par seconde) comme une barrière infranchissable : le temps s'arrêtait à cette vitesse, que rien de matériel ne pouvait atteindre, l'approcher tout au plus pour des particules élémentaires en un accélérateur atomique. Toutes les expériences possibles avaient confirmé les thèses d'Einstein. Mais, se demandaient nombre de scientifiques, une information ne peut-elle être transmise plus vite que la lumière ? Impossible, pour deux raisons : une information doit bien être portée par quelque chose de matériel, même très subtil, une onde à définir. Deuxième raison, franchir ce mur d'une vitesse annulant le cours du temps... reviendrait à remonter le cours du temps, ni plus ni moins. Certains physiciens s'acharnèrent jusqu'à trouver un protocole permettant de répondre à la question de la vitesse de l'information, cosmique évidemment. Parmi ces acharnés, le plus têtu fut probablement David Bohm, ô paradoxe, disciple d'Einstein. Sa proposition avait le mérite de la simplicité.

Un rayon de lumière est fait d'innombrables photons. Des photons possèdent un *spin*, un sens de rotation en schématisant beaucoup. Des photons issus d'une même source à un instant donné auront un spin identique, disons à droite ou à gauche, toujours pour simplifier. Dès lors, disait Bohm, il s'agit de générer un flux de photons, de le séparer en deux parties s'éloignant l'une de l'autre à 180 degrés, ceci par un simple jeu de miroirs. L'un des deux flux conservera le spin initial, l'autre adoptera un spin inversé. Il suffira ensuite d'agir sur l'un des flux pour réinverser le spin des photons le composant et d'observer ce qu'il advient des photons du second flux. Inverseront-ils leurs spins, oui ou non ? Si c'est non, la confirmation de la barrière que constitue la vitesse de la lumière sera, une fois de plus, réalisée. Si c'est oui... on s'interrogera. David Bohm avait conçu le protocole parfait ; il restait à le réaliser, sachant que déceler le spin d'un photon présente plus de difficulté que voir en quel sens tourne une boule de billard. Vraiment beaucoup plus. Vingt ans plus tard, Alain Aspect procédait à la fameuse expérience en son laboratoire d'Orsay. 1982, une date mémorable dans l'histoire des sciences de pointe. Le résultat déclencha une interrogation ou un tollé, selon l'humeur des physiciens de haut niveau. Reproduite et reproduite encore, l'expérience ne varia pas en ses conclusions : le spin des photons simplement observés s'était inversé au moment même où les opérateurs inversaient – par un autre jeu de miroirs – le spin du premier rayon. Les uns s'éloignaient des autres à presque 600 000 km par seconde, aux yeux d'un observateur placé exactement au centre du dispositif. Ce qui relevait de l'aberration totale !

Une première interprétation vint à l'esprit : une information se déplaçait plus vite que la lumière. Ceci relevait, à ce moment, de l'hérésie scientifique et, de plus, se heurtait à une difficulté imprévue : l'inversion du deuxième flux aurait dû se produire avant celle du premier, une vitesse supérieure à celle de la lumière impliquant en principe un voyage à rebrousse temps. Ceci n'avait pas été le cas chez Alain Aspect... encore que l'estimation en eût été prodigieusement difficile. Et puis, d'une manière générale, les informations, même celles définies par Sheldrake s'ajoutent dans une temporalité allant du passé vers le futur : l'invention de la bombe atomique n'est remontée ni jusqu'à Napoléon, ni jusqu'à Attila !

Non, il y avait autre chose. Plus prodigieux encore.

Un univers hologrammique

Les spécialistes du laser nous proposent la vision d'images en relief, grandeur nature et ayant toutes les apparences du réel. Ils peuvent sans difficulté aucune placer une splendide star nous attendant sur le palier. Ils feront émaner deux rayons laser d'une source les mettant en phase. Le premier rayon ricochera sur le sujet à reproduire, puis se recoupera avec le second rayon sur une plaque d'interférence. La plaque impressionnée ressemblera à une trame moirée. Une nouvelle projection du rayon ne portant aucune information créera une interférence et le sujet photographié apparaîtra en trois dimensions, d'une netteté simulant parfaitement le réel. Récemment, les adeptes du « Temple solaire » contemplaient avec vénération un Saint-Graal qu'ils n'imaginaient pas hologrammique. Le plus curieux reste qu'il y avait, parmi eux, des ingénieurs fort au courant de cette technique.

Rentrant chez vous, vous trouverez la star de vos rêves vous attendant souriante sur le palier. Entendez-vous, Monsieur, la serrer dans ses bras ? Gardez-vous en bien, vous étreindriez un fantôme sans consistance aucune, plus exactement des ondes laser… ce qui ne vaut guère mieux. Évidemment, Madame, qui rentrait à la maison en votre compagnie, ne résistera pas à l'envie de gifler la belle impudique ; sa main traversera le visage de la star qui n'en perdra pas son sourire. Passons sur la scène de ménage ! Excédé, vous sortez, non pas pour acheter des cigarettes, mais pour photographier l'actrice très figée en son immuable sourire. Vous possédez un Polaroïd ? Tant mieux, la belle va surgir du papier en quelques petites minutes. Le fantôme disparaît (ces messieurs ont débranché leur installation laser)... enfin, la photo vous restera, superbe. Catastrophe, Madame vous a épié ; vive comme l'éclair, elle se saisit de la photo, la déchire en quatre morceaux et la jette à la poubelle. « Attends un peu, je les recollerai dès que tu auras tourné le dos. » Inutile, ô stupéfaction : chacun des quatre morceaux (ou huit ou cinquante) reproduit l'entièreté de l'image initiale ! Magie ? Non, tout spécialiste du laser vous donnera une explication faisant place à des faisceaux ondulatoires et autres étrangetés. Vous avez eu entre les mains une photo hologrammique ; vous pourrez la découper en autant de morceaux que vous le voudrez, chacun de ceux-ci renfermera l'entièreté de la photo. C'est-à-dire de l'information.

L'expérience réalisée en 1982 au laboratoire d'Alain Aspect et beaucoup d'autres, très différentes, ont conduit nombre de scientifiques à formuler une hypothèse, actuellement invérifiable, mais sérieusement envisagée : chacune des particules-ondes ayant, à un moment, été en étroite communion, sont ensuite et pour la suite des temps, informées instantanément de leur état quantique. Les scientifiques ne traduisent pas nécessairement « état quantique » par « information » : la prudence prend son temps !

Si cette hypothèse est correcte, quelles sont les particules-ondes concernées ? Toutes : elles étaient en étroite communion au moment du Big-bang. Dans ce cas, que porterions-nous au plus profond de notre être ? Notre conscience en tant que « je », et, plus ou moins assoupie et se manifestant en certaines occasions, une conscience dépassant immensément notre « je ». Celle que portent les particules-ondes constituant notre organisme.

Ne cherchons pas à trop approfondir ce qui précède. Posons-nous cependant une question : la conscience modifiée, qu'elle surgisse lors d'une N.D.E. ou au terme d'une longue ascèse, ne serait-elle pas, plus ou moins totale, plus ou moins comprise, la conscience universelle portant en elle toute l'information de l'Univers depuis son origine ? Il se trouve des voyageurs de la N.D.E. pour exprimer des idées semblables ; les yogis se contentent de sourire de manière énigmatique. les mystiques évoquent une rencontre avec Dieu. « Au commencement était Dieu ». Certes, pour qui accepte d'employer ce terme. « Au commencement était le Big-bang ». Première émanation d'une conscience absolue diffuse dans l'Univers ?

TROISIÈME PARTIE

Entre deux mondes

L'observation créatrice

La physique du XXe siècle aura été marquée par un affrontement courtois mais acharné entre Einstein et les maîtres de la physique quantique. Einstein avait inventorié les connaissances du XIXe siècle et en avait tiré la quintessence, ce qui le conduisit à en détruire une bonne partie. Si deux éclairs de génie devaient être retenus en son œuvre, il est probable que la plupart de ses exégètes citeraient la notion d'équivalence de l'énergie et de la matière et la notion de vitesse annulant le défilement du temps, celle de tout rayonnement électro-magnétique, de la lumière pour ce que peuvent observer nos yeux. Qui ne connaît le terme de « Relativité » et l'équation $E = mc^2$ rattachés, pour les moins passionnés de physique, au nom d'Einstein ?

D'aucuns ont cru voir en Einstein le père de la bombe atomique, opinion fort abusive. Le temps était venu de comprendre qu'énergie et matière constituaient deux états de la même chose ; l'idée de transformer de la matière en énergie ne pouvait que suivre. D'où les bombes mais aussi l'électricité d'origine nucléaire, indispensable de nos jours même si le nom de Tchernobyl vient ici immanquablement à la pensée.

Lorsqu'il s'est avéré qu'Einstein ne serait pas le pape sempiternel de la physique, on le consacra grand penseur des grands espaces : ses théories s'appliquaient merveilleusement au cosmos, pas du tout à l'atome. Encore considéra-t-il pour un temps un univers immobile, ce qui n'ouvrait certes pas la voie à l'idée d'un commencement et d'une probable fin, au moins de ce que les hindouistes nomment « le présent cycle des inspirs et expirs du Brahman. »

Einstein combattit longtemps contre les Niels Bohr, Erwin Schrödinger, Wolfgang Pauli et autres pionniers de la physique quantique. D'expérience en expérience et pendant vingt années au moins, Einstein alla d'échec en échec en cet affrontement, ceci pour une raison simple : il voulait que l'univers atomique suivit les mêmes lois que l'univers cosmique. Il chercha la « variable cachée » à l'origine de chacune de ses défaites et ne la trouva jamais. L'expérience réalisée par Alain Aspect en 1982 eut-elle entraîné sa reddition ? Nul ne saurait l'affirmer, en tout cas ses disciples ne surent parer ce coup probablement fatal.

L'univers cosmique d'Einstein est déterminé : tout effet suppose une cause et « Dieu ne joue pas aux dés avec le monde. » L'univers atomique de la physique quantique ne reconnaît pas une telle causalité implacable ; au niveau sub-atomique, il y a des effets sans cause et seule l'incompréhensible loi des grands nombres donne l'impression fallacieuse d'un déterminisme. Prenons un ou deux exemples simples.

Une ménagère met de l'eau à bouillir sur un réchaud ; le mouvement des molécules s'accélère, voilà qui relève de la physique admise par tout le monde et ne soulève aucune difficulté. Qu'est-ce qui provoque l'élévation de la température de l'eau ? L'augmentation des chocs entre molécules. Cela semble évident : plus elles circulent rapidement et plus elles ont des chances de se rencontrer ! Des chances, oui, des probabilités, mais non des certitudes. Les spécialistes de la physique quantique empiètent ici sur le sens commun : un ballet de molécules est un théâtre gigantesque par rapport à la valse-hésitation d'une intimité atomique. Ils entendent seulement nous informer que si le pur hasard qui, selon eux, présiderait au comportement de l'extrêmement petit était transposé au niveau de molécules s'agitant de plus en plus en une bouilloire, il se pourrait faire que ces molécules ne croisent jamais leurs chemins… et que l'eau gèle sur la flamme du gaz. Le calcul statistique en démontre la possibilité : le mot « infime » est ridiculement faible, mais la possibilité zéro de ce gel insolite n'existe pas.

D'expérience en expérience, de déduction, en déduction, certains – pas tous – de ces physiciens, dont les plus illustres, ont fini par identifier un agent maîtrisant ce fameux hasard et faisant bien mieux encore. Cette découverte les a-t-elle comblés ? « Je n'aime pas cela et regrette d'y avoir jamais été mêlé. » (Schrödinger) « Quiconque n'est pas outré par les thèses quantiques ne les a pas comprises. » (Heisenberg) Et quant au « petit jeune », il concluait « Il n'est rien de réel. » (Lennon). Qu'avaient-ils donc découvert ? Ce que certains philosophes avaient pressenti en d'autres temps. Respirons calmement et allons au très concis paragraphe suivant.

L'observateur (vivant) et l'observé (supposé inerte) forment un système indissociable ; dès lors que cesse une observation, il est vain d'envisager que perdure en l'état l'objet de l'observation. Toute observation oblige la Nature à choisir entre une multitude de possibilités quantiques. Et (pour certains, mais le fait est farouchement affirmé ou controversé), les possibilités exclues sont séance tenante envoyées en des mondes parallèles dont nous sommes définitivement (?) séparés. Ce sera tout pour ce paragraphe.

Vous hésitez entre une bière et un Vittel ; prenez ce qui vous conviendra ; votre double très réel fera le choix inverse. Devant de telles allégations, Einstein et tous les esprits dits sérieux n'ont jamais voulu capituler... les expériences leur ont toujours donné tort. Revenons à la thèse minimale : le monde exclu par le choix n'existe qu'à l'état virtuel... demeure le constat : nous contribuons à créer le monde en l'observant et assurons sa pérennité. Des illustrations ? J'ai plusieurs fois narré l'histoire inventée par Schrödinger plaçant son chat mythique dans une situation de risque mortel 50/50 hors de toute observation. Pour le maître de ce fameux animal, il n'y avait pas *un* chat hors de toute observation, mais *deux* chats virtuels, un mort et l'autre vivant. Et l'observation, au terme de l'expérience, a obligé la nature à choisir. Pure théorie ? Il est impossible de s'en assurer : toute vérification constituerait une observation ! Chat pour chat, faisons et refaisons une véritable expérience.

Un grand hangar vide bénéficie, en plein hiver, d'un chauffage thermo-régulé. La température est de - 15 dehors, en pleine nuit, et de + 15 dans le hangar. Un matou très frileux repère le hangar, y élit domicile la nuit suivante ; la température extérieure est restée à - 15 ; à l'intérieur, la température est montée à 17 degrés. La physique quantique affirme que le chat a fait « effondrer les fonctions ondulatoires » ne correspondant pas à la température de + 17. Une explication plus « raisonnable » ne tiendrait pas : en effet, les calories dégagées par le chat n'atteignent pas le millième de l'apport de chaleur supplémentaire. Les fonctions effondrées sont-elles réelles « ailleurs » ou fantomatiques ? Tel est l'objet du débat.

Quelle idée retenir de ce qui précède ? Que ces messieurs ont besoin de soins urgents ? Oui, mais toutes les expériences, même conçues par des opposants, leur ont donné raison.

Ou alors que nous sommes co-créateurs de ce qui arrive. Et avant nous ? Supposons qu'une intelligence cosmique ait, voici quinze milliards d'années, fait effondrer les fonctions ondulatoires d'une singularité pas vraiment originelle. Cela aurait fait boum. Ou plutôt Big-bang.

Notre amie Jeanne, a-t-elle, en notre chapitre deux, rencontré une ferme exilée ailleurs parce que l'on n'avait pas choisi de la construire en ce monde ?

Nous ignorons comment nous effondrons des fonctions ondulatoires, mais nous commençons à envisager sérieusement l'impact des pensées positives ou négatives. Et si nous portons en nous, même les ignorant, d'aussi fabuleux pouvoirs, bon gré, mal gré, nous en assumons les charges.

Dont celle de créer des mondes parallèles ?

Accompagnement vers d'autres rivages

Le *Bardo-Thödol*, dont le titre est improprement traduit « Livre tibétain des morts », retint l'attention de quelques spécialistes, au début du XXe siècle, lorsque le lama Kazi Dawa Sandup en fit une première traduction à partir d'un écrit datant du VIIIe siècle de notre ère. Le docteur Evans-Wentz le traduisit en anglais, et cet ouvrage devint rapidement une œuvre maîtresse de la littérature mondiale. Il connut des centaines d'éditions en de nombreuses langues.[25] Un regain d'intérêt lui fut accordé lorsque Jung (1875-1961) le cita et le commenta. Le grand philosophe suisse avait de bonnes raisons pour prendre de l'intérêt à ce livre : le *Bardo-Thödol* est la description d'une superbe N.D.E., et Jung en avait vécu une. Description d'une N.D.E. ? Bien davantage encore !

Examinons cet ouvrage, mais d'abord caractérisons son auteur et définissons ce qu'est un lama. Le lama Padmasambhava écrivit donc le *Bardo-Thödol* au VIIIe siècle. Un lama ne se présente jamais en personnage banal. Padmasambhava moins que tout autre en ce temps. Il entretint d'excellentes relations avec le roi Ti-son-de-tsen, ce qui lui permit de fonder le premier monastère bouddhiste

25. Dont celle traduite par Valdo Secretan. Éd. Albin Michel, 1989.

au Tibet. Doué d'un charisme hors du commun, il réussit à faire du bouddhisme la religion la plus estimée du Tibet, ceci de son vivant. En fait, il créa la variante tibétaine du bouddhisme, exprimant des idées sur lesquelles le Bouddha avait préféré garder le silence. De nos jours, il est évident que le bouddhisme « du sud » (celui qui n'a pas évolué) offre moins de perspectives spirituelles – au moins à un Occidental moyen – que le bouddhisme tibétain, dont S.S. le dalaï-lama se fait le chantre.

Qui est un lama ? C'est un religieux qui s'est retiré de la vie ordinaire, a vécu en une grotte ou l'équivalent et s'est confié à un *guru* pendant trois ans, trois mois, trois jours... éventuellement renouvelables. Il est parvenu à l'Éveil. Il bénéficie des « retombées » de cet éveil : la télépathie notamment. Envers les vivants... et les morts ayant franchi le seuil ; libre à chacun de le croire, de le nier. Ou d'essayer au long de trois ans, trois mois, trois jours, le double ou le triple si besoin. À condition encore d'être admis à entrer en ascèse !

Le *Bardo-Thödol* est un ouvrage destiné à être lu à un mourant... puis au même ayant franchi le seuil et allant vers la Lumière. Ou se refusant à y aller. Évidemment, un lama accompagnera ainsi un croyant non encore éveillé. Il est bien dit et écrit que cette lecture est inutile pour qui a connu la Lumière de son vivant, hors de toute situation de mort imminente. Il y a beaucoup de poésie à l'orientale dans ce texte. Bien des rapports, aussi, avec les N.D.E. Je résume, ce qui ne saurait valoir un mode d'emploi.

« Fils noble, maintenant que ta respiration a presque cessé, voici le moment de chercher une voie car la Lumière fondamentale va poindre. Ton lama te l'avait déjà montrée. C'est l'esprit vierge et sans tache ; je te la ferai découvrir. » On répète plusieurs fois cette invite avant que la respiration ne cesse. Dès qu'elle cesse, le sujet est placé en une position empêchant que viennent des émotions nuisant au transfert de conscience.

« Fils noble, tu es parvenu à ce qu'on appelle la mort. Songe à éveiller en toi l'amour, la compassion et l'éveil. Que tous les êtres, jusqu'aux confins de l'espace, atteignent ainsi l'état de Bouddha. Rappelle-toi les exercices de méditation que tu connais. » Ces paroles sont redites plusieurs fois.

« Fils noble, la claire Lumière va t'apparaître. O, Fils noble, ta connaissance actuelle est cette vacuité éblouissante. C'est la Vérité en Soi, l'aspect féminin du Bouddha. Ton esprit est le Bouddha ; reconnais ton esprit comme l'aspect masculin du Bouddha. » Ceci est répété de trois à sept fois. Le voyageur ne peut savoir s'il est vivant ou mort ; il voit son entourage humain. Seuls quelques-uns sont capables de s'unir dès cette phase à la Lumière, à en croire le *Bardo-Thödol*, surtout des méditants. Les autres sombrent en une inconscience provisoire. Vient un réveil (perçu par le lama ?).

« Fils noble, tu n'as pas reconnu la luminosité de la vérité en soi ; tu vas expérimenter l'état intermédiaire entre la vérité en soi et celui du devenir. Tu dois quitter ce monde, ne t'accroche pas. La vérité en soi se montre à toi, claire, lumineuse, impressionnante même. C'est le rayonnement de ta réalité ; reconnais-la. Des sons t'assaillent, violents ; ton corps n'en a rien à craindre. Tu ne peux mourir. Fils noble, reconnais ces obstacles comme tes propres projections. Fixe ton attention sur la Lumière. » L'errance continue souvent.

« Fils noble, concentre-toi sur les divinités bienveillantes que tu aperçois, regarde la lumière bleu clair ; éloigne-toi de la lumière blanchâtre émanée par les divinités. »

« Fils noble, tu ressens les abîmes de l'état intermédiaire, tu ressens maintenant le double appel de l'état humain et de la lumière jaune de l'équanimité. Si tu peux aller vers cette lumière, tu peux encore atteindre la libération, l'état de Bouddha. »

« Fils noble, jusqu'ici tu n'as pas reconnu la voie de la libération. La lumière rouge de la connaissance discriminative t'apparaît. Ne te laisse pas distraire par la lumière jaune des esprits avides. Laisse ton esprit se détendre dans la lumière rouge de ton propre rayonnement. »

« Fils noble, voici que se présente à toi la lumière verte de la suprême connaissance de ton esprit. Elle te semble violente et effrayante. Ne crains rien et ne te détourne pas vers la lumière rouge du monde des titans engendrée par la jalousie. Détends-toi en la lumière verte de la compassion. Dans le monde des titans, tu éprouverais d'intolérables souffrances, des combats, des disputes. »

« Fils noble, les divinités Père-Mère des cinq familles t'apparaissent maintenant et aussi les terrifiants gardiens du seuil ! (Le lama les énumère). Ces déités sont le déploiement des potentialités de ta propre connaissance. Reconnais-les pour ce qu'elles sont. Fils noble, bientôt t'apparaîtra la luminosité de chacun des six états d'existence, illusoires et impurs. La terne lueur blanche des dieux, la lueur rouge des titans, la bleue des humains, la jaune des esprits avides, la grise des états infernaux. En même temps que la lumière des quatre sagesses. Ne t'attache à aucune de ces lumières. La Lumière de la suprême connaissance s'offre encore à toi. Sois en admiration pour elle ; en elle prends refuge. »

« Fils noble, voici que t'apparaissent les divinités courroucées. (le lama les décrit : elles sont horribles). Ne crains rien.

Reconnais-les comme une manifestation de ton propre esprit. Si tu le comprends, tu seras immédiatement libéré. »

« Fils noble, voici que t'apparaît le divin père et la divine mère. Vénère-les avec dévotion. Si tu les reconnais, tu seras à l'instant libéré. » Si le mort reconnaît son Soi divin, il se fond en lui et devient Bouddha.

Le lama et le mort en sont au douzième jour après la mort. Viendront d'autres invites à la libération. Il se peut que le mort ne se reconnaisse pas. Dans ce cas, il entrera dans le *Bardo du devenir.* Il y jouit de nombreux pouvoirs ; le lama lui conseille de ne pas s'y attacher.

Viendra la pesée des actes, du *Karma*, que le mort n'a su effacer en s'identifiant avec la lumière.

« Fils noble, hélas tu dois supporter ces souffrances car elles sont le fruit de tes propres actes. (Vient la description de redoutables difficultés). Cependant, tu peux encore reconnaître la compassion du corps de compassion, et tu deviendras Bouddha. »

Le lama essaye encore une fois de délivrer le mort. Mais il est trop tard, il est engagé dans le chemin du devenir, la roue des réincarnations. Il invite le fils noble à accepter… ce qu'il a voulu dans les meilleures dispositions. « O, fils noble, toute manifestation n'est par nature qu'illusion mensongère comme un mirage. Rien ne peut venir de l'extérieur. Tant que je ne distinguerai pas cette illusion, je devrai errer dans la roue des existences. Fils noble, la porte de la matrice des naissances se refermera sur les quatre sortes de naissance. Médite ainsi tant que la porte de la matrice ne sera pas encore fermée. »

Tout l'accompagnement pourrait se résumer en la citation suivante : « Fils noble, en dehors de tes hallucinations, il n'existe ni seigneur juge des morts, ni démons, ni vainqueurs de la mort. Comprends-le et sois libéré. » Superbe solipsisme ?

Passe un temps... variable. Et un élément du précédent incarné revient. Un Karma.

Que retirer de ce résumé du *Bardo-Thödol*? Autre chose que la plupart des exégètes n'y voyant que mythologie. Par rapport aux N.D.E., la décorporation et l'avancée vers la Lumière y sont. Et aussi les bruits et autres « projections » ressenties parfois dans le tunnel. Cela dit, viennent à l'esprit quelques réflexions, un constat, les premiers éléments d'un puzzle.

Les réflexions concernent les personnes acceptant au moins d'envisager le pouvoir télépathique, l'éveil des lamas. Tout d'abord, dans ce cas, les sujets franchissent le seuil sans retour immédiat. Ou sans retour du tout. Peu adhèrent à la Lumière (10 à 15 % dans le cas des N.D.E.). Les N.D.E. ne fournissent évidemment aucune indication, en cas de non-reconnaissance de la Lumière.

Le constat est bien connu des spécialistes de l'Orient et des expressions élitistes des religions occidentales : c'est le dédoublement entre l'ego de l'humain et la Lumière « qui est lui » ; ou qui est son Soi. Tout ce que l'humain reconnaît comme réel est *Maya* (illusion) pour l'Asie, « est et n'est pas » pour certaines expressions de la gnose chrétienne : « Que celui qui cherche ne cesse de chercher jusqu'à ce qu'il trouve. Et quand il aura trouvé il sera bouleversé. Et étant bouleversé il sera émerveillé. Et il régnera sur le Tout. » (Évangile selon Thomas). David Bohm, spécialiste de la physique quantique, voit bien qu'à un certain niveau, nous relevons tous de la même entité.

Le puzzle est fait de ces pièces à assembler.

Mais voilà, à notre niveau habituel, notre propre conscience se manifeste. Tout se passe comme s'il lui appartenait d'informer la Lumière de ce qu'elle découvre. Ce qu'exprimait – autrement – Teilhard de Chardin.

Une ligne me reste ici. Libre à un philosophe d'y inscrire le mot « solipsisme » ; il n'aura tout de même compris ni la vérité des voyageurs de la N.D.E., ni celle des lamas accompagnateurs.

En tout cas, entre l'enseignement des religions, les expériences N.D.E. poussées plus ou moins loin, les phases au cours desquelles le lama tente de montrer sa véritable nature au voyageur, il y a place pour les états d'être ou les univers parallèles que subodorent certains spécialistes de la physique quantique. Oh, je le sais bien, le terrain devient glissant, mais quiconque ne circulerait que sur un sol uni et chaussé de bonnes espadrilles ne ferait guère avancer l'art de la marche.

UNE EXPÉRIENCE PERSONNELLE

J'ai hésité à placer ici la relation d'une étrange aventure personnelle; le faire me semblait ambivalent : donner à entendre au lecteur qu'il est plongé en un tissu de balivernes; par contre, montrer que l'art des lamas accompagnant un mort après le passage ne relève pas nécessairement d'un savoir acquis en des années d'ascèse. Ils ne le prétendent nullement puisque le *p'owa* (cet accompagnement) peut être opéré par un simple pratiquant lorsque les circonstances l'exigent. Il est d'autres méthodes, non pas destinées à accompagner le voyageur jusqu'à la Lumière, mais destinées à lui permettre de prendre le chemin. En une phrase comme en mille, j'avais appris la pratique de l'une de ces méthodes. Pour y montrer une efficacité passable, il faut avoir assimilé une technique… et avoir pratiqué la méditation pas seulement en dilettante. Néanmoins, cette pratique est moins difficile et moins étrange que certains pourraient l'imaginer. Bien entendu, libre au lecteur d'apprécier ce qui suit comme il l'entend : l'éventail est largement ouvert depuis une certaine réalité jusqu'à l'hallucination pure et simple !

Un certain après-midi, mon épouse et moi étions allés rendre visite à une amie (celle qui diabolise Steiner !). Elle recevait une dame d'une cinquantaine d'années, timide, effacée, mais poétesse de talent et captivée par la spiritualité en général. Je précise bien que cette rencontre n'avait aucunement été préparée. Cette dame avait lu un ou deux de mes livres et une courte mais passionnante conversation suivit. Mon épouse et moi partîmes les premiers, après un moment privilégié.

Quelques heures plus tard, mon amie anti-steinerienne me téléphonait : « Tu sais, S… a passé un très bon moment et a été vraiment très heureuse de vous rencontrer tous deux. » « J'en suis heureux, je lui téléphonerai et nous nous reverrons. » « Sûrement, mais pas de sitôt : elle a percuté un arbre en rentrant chez elle et est décédée. » Cela créa en moi un sentiment très fort (que, je le répète, le lecteur appréciera comme il l'entendra) : cette rencontre, en la présente vie, était nécessaire, même extrêmement brève.

Rien ne survint le soir. Le lendemain, je ressentis une étrange impression, que j'avais appris à connaître. Cela tient d'un contact télépathique et d'un appel à l'aide. Difficile à expliquer à qui ignore le sujet ! Je crus comprendre… Le *P'owa* des bouddhistes n'était pas à ma portée : éloignement kilométrique et médiocre compétence de ma part. Je fis ce que j'avais appris : j'ouvris mon « 4e chakra » (celui du moi humain) à la supposée errante et, pendant trois jours, m'efforçai de lui montrer le chemin ouvrant à la Lumière, le « 7e chakra ». Il ne s'agit pas d'abandonner en cours de route, sauf à pérenniser un état très particulier. Ce qui, dans les pires des cas, conduit à des « possessions ».

Pratiquant un tel exercice, on ressent physiquement, charnellement, le transfert d'énergie par les *nadis*, canaux subtils conduisant du cœur à la fontanelle. Il ne s'agit pas là d'un exercice réparti sur des années ; cela dura trois jours, puis cessa, je crois, par une heureuse conclusion.

Entre temps, j'avais assisté aux obsèques de S… Un pasteur officiait, connaissant parfaitement les rites et formules. Comme l'on peut connaître l'annuaire du téléphone ! S… avait quitté son corps.

Je voudrais ajouter ici un détail : partant pour la sépulture, j'avais apporté de la simple bruyère pour accompagner la voyageuse. Plus tard, j'ai su que la bruyère était sa plante préférée.

Si j'ai tenu à narrer cet épisode personnel, ô combien, c'est bien pour donner à entendre que, dans certaines circonstances très particulières, un accompagnement *post-mortem* est à la portée de beaucoup de personnes ayant acquis un petit savoir-faire.

Dans ce cas, quels éléments significatifs pouvaient-ils être retenus ? Le caractère étrange de la rencontre, type même du hasard abusif, le décès accidentel de S… dans l'heure qui suivit. Et une certaine parenté spirituelle, révélée par l'enchaînement des faits.

L'art ambivalent des spirites

Accorder un chapitre au spiritisme dans une étude consacrée aux N.D.E. et à ce que l'on peut rapporter comme entrant dans l'étude de ces états m'a posé une question de conscience. Tant de charlatans ont sévi dans ce domaine que le sujet se présente suspect, de toute façon. Cependant, l'art de communiquer avec les morts remonte à la plus haute Antiquité. Ou l'illusion de le faire. Je n'ignore pas que René Guénon – dont certains font leur maître à penser – a dénoncé « l'erreur spirite », mais ceci ne me dérange aucunement car Guénon avait toujours raison, attitude dont je me méfie en toutes circonstances. D'un autre côté, l'idée de mondes intermédiaires nous est suggérée par des autorités aussi différentes que les religions et les sciences de pointe. L'Église romaine va loin dans son affirmation : elle interdit de communiquer avec les morts… ce qui revient à en proclamer la possibilité. Peut-être, en ce domaine, convient-il de chercher le diamant au sein d'une tonne de houille. Cherchons donc ; qui sait ?

Sujet ambivalent, oh oui. Débutons par le moins bon aspect de cette ambivalence. Enfin, à mon avis.

Un modèle très simple de communication avec les esprits fut vulgarisé, au XIXe siècle par Allan Kardek, auteur notamment du *Livre des Esprits* qui fait figure de Bible en ce domaine. Paru en 1854, il ne cesse d'être réédité.[26]

L'humain a été créé par Dieu parfait mais non impeccable. Il a perdu son statut par son péché. Dès lors, l'esprit humain va de corps en corps, jusqu'à mériter son retour au paradis. Kardek considère un corps, un périsprit, un esprit. Ce qui rejoint le concept gnostique : corps, âme, esprit. Mais pas un « esprit intact en Dieu » comme dans la gnose chrétienne par exemple. Des esprits attendent leur incarnation entre Ciel et Terre ; c'est avec eux que l'on communique. Comment ? Par l'intermédiaire de médiums incorporant l'esprit et s'exprimant ou écrivant en son nom. Me voici, personnellement, en pleine ambivalence : j'ai connu un médium écrivant à une allure folle en une langue qu'il ignorait (il peut y avoir des explications – un peu tirées par les cheveux – à ce fait), et, d'autre part, des médiums parlants qui eussent manqué leur concours d'entrée au Conservatoire d'Art Dramatique de Clochemerle. Enfin, fions-nous aux écrits d'Allan Kardek.

Kardek excuse les fautes d'orthographe des esprits ; ils sont pressés. Passons. Mais ils se montrent aussi ignorants, ou plutôt ne connaissant rien de la science immédiatement à venir : « L'Univers est-il fini ou infini ? » « Infini, car sinon qu'y aurait-il au-delà ? » Réponse logique au temps de Kardek, dépassée de nos jours : l'Univers n'est ni fini ni infini. Il est ouvert (expansion sans retour) ou fermé (alternative d'expansions et de contractions). Mais, dans les deux cas, il n'a pas de bord ; on ne peut en sortir. Et « au-delà » ne signifie rien ; l'espace ne représentant que le champ relationnel de l'existant. Admettons cependant que l'astrophysique de notre temps puisse, elle aussi, mal vieillir !

26. Actuellement, chez Dervy-livres, depuis 1972.

Nuls en science, mais de haute moralité, les esprits ? Le livre s'achève par une superbe exhortation en appelant à l'amour universel, à la douceur, à la tolérance… Superbe. L'esprit n'a pas lésiné sur son identité : saint Louis, l'homme des guerres de croisade en « Terre sainte » et des bûchers et cachots réservés aux cathares par centaines de mille. Canonisé ou pas, « saint » Louis était un fanatique et un bourreau, tels tous les fauteurs de guerres « saintes » et tortures au nom de Dieu. L'au-delà semble lui réussir !

Je conterai un peu plus loin une curieuse histoire de table tournante. Très mauvais sujet, dans tous les sens du terme, ma présence suffit à les immobiliser, ce qui me désole fort.

Cela dit, certains faits troublants méritent un examen serein. Par exemple deux séries de faits, indépendant l'un de l'autre, ayant suivi le décès de Jacques Brel. Sa compagne des dernières années, Maddly Bami, ressent très fortement sa présence, non pas depuis la séparation mais depuis quelques mois après celle-ci. Maddly Bami, fort convaincante, fait état, non seulement de ressentis personnels toujours subjectifs, mais encore de renseignements de toutes sortes qu'elle ne connaissait pas et que lui révèle la supposée entité. En ce cas, comme en tout autre, bien des explications ont été proposées ; il en demeure une, celle d'un véritable contact, suivi dans le temps, entre deux êtres qui continuent à s'aimer passionnément. Il est d'autres exemples, assez comparables. L'ambivalence demeure quant à leur interprétation.

Jacques Brel (?) est aussi le héros posthume d'une bien étrange aventure le reliant à un groupe de spirites gardois. Ceux-ci font tourner les tables et comptent le nombre de coups correspondant au positionnement des lettres dans l'alphabet. Exercice demandant bien de la patience mais fort instructif en ce cas. Le professeur

Lignon, de la faculté de Toulouse-Mirail, l'a étudié pour une raison bien simple : il avait connu le chanteur au moment où le futur monstre sacré courait encore le cachet de fête locale en représentations au chef-lieu de canton. Les deux hommes avaient sympathisé, avaient échangé des confidences. Le professeur vint assister à une séance… muni d'un questionnaire extrêmement fouillé.

Jacques Brel était venu chanter, à ses tout débuts, dans un village proche de Toulouse. L'organisateur décida au dernier moment de donner le spectacle en plein air, ce qui lui promettait une meilleure recette qu'en la petite salle des fêtes communale. Ceci n'était pas au goût du chanteur qui ne s'inclina que devant la perspective d'un dédit prévu par le contrat. Brel céda mais se vengea : l'une de ses chansons mettait en scène une peu vertueuse héroïne dont le prénom était dit et répété à chaque refrain. Ce soir-là, la chanson fut acclamée et bissée : le prénom avait été changé en celui de l'épouse de l'organisateur ! Le professeur connaissait ce fait très local, ancien, et n'ayant jamais dépassé l'audience du village. Les spirites gardois ne pouvaient guère en avoir eu connaissance… la table tournante le connaissait. Table de bonne volonté répondant avec précision aux questions préparées par le très ancien ami du chanteur. Troublant.

Confrontés à de tels faits, les sceptiques envisagent d'abord toutes les tricheries possibles ; celles-ci étant exclues, ils évoquent l'inconscient collectif capté par un médium. Guénon, et d'autres avant lui, évoquaient des scories abandonnées dans l'astral, porteuses d'informations, mais n'étant pas l'esprit du défunt. Le débat restera probablement longtemps ouvert.

Phénomènes imputés à des morts

Ils existent, quelle qu'en puisse être l'interprétation. Sans trop alourdir ce chapitre, je voudrais en relever deux sortes.

Des phénomènes accompagnent un décès plus souvent qu'on ne le pense, des informations télépathiques, ce que j'ai déjà mentionné plus avant, mais aussi des phénomènes physiques. À titre d'exemple, décédait voici quelques années un monsieur âgé de quatre-vingts ans ; il était veuf, vivait avec son fils célibataire et dans le même village que sa fille mariée. Ce monsieur s'était intéressé à beaucoup de sujets, mais fort peu, semble-t-il, aux questions existentielles essentielles. Il avait apprécié la vie et seule la pensée de son épouse défunte l'avait peut-être incité à envisager une vie *post-mortem*. Autant écrire, tant pour suivre le schéma des N.D.E. que celui du *Bardo-Thödol* qu'il a probablement pris son temps avant de rechercher la Lumière. Ou qu'il est demeuré « dans l'aura de la Terre »... ce qui signifie la même chose. Dans la semaine qui suivit, le fils du défunt songea à en appeler au curé du village pour désenvoûter la maison : les appareils électriques tombaient en panne l'un après l'autre ! Le gendre du défunt eut la surprise de voir deux ampoules électriques « mourir » en trois jours, sur la même lampe, celle de la table de nuit, sur le côté où dormait la fille du défunt. Coïncidences ? Informé de ces faits, j'usai en premier de mon incurable scepticisme et m'enquis auprès de l'ÉDF d'une part, des voisins de l'autre, pour savoir si des problèmes de surtension ne pourraient pas expliquer très naturellement ces faits. Ce n'était pas le cas.

D'autre part, les exemples ne se comptent plus de personnes « ressentant » à l'instant précis, et à des kilomètres de distance, le décès d'un être cher.

Abordons la question des maisons et autres lieux hantés. Il en existe, et pas nécessairement en Écosse. Des maisons où il ne fait pas bon passer la nuit, les bruits étranges s'ajoutant aux courants d'air glacial. Le phénomène est souvent lié à des suicides intervenus en ces lieux, plus rarement des meurtres, comme si le centre de conscience du mort ne parvenait pas à se libérer. Ce qui entre dans la logique des N.D.E. et du *Bardo-Thödol.* Les entités prisonnières (?) attendent-elles de savoir qu'elles ont quitté leur séjour terrestre ? Ou ne veulent-elles pas y renoncer ? Une question n'est presque jamais évoquée : le suicide ou le meurtre ont-ils induit la hantise, ou bien ont-ils été facilités par une prédisposition du site ?

Les *poltergeist* sont des manifestations physiques inexplicables : pluie de gravillons, objets se déplaçant sans cause apparente et de manière spectaculaire. Michaël Talbot, dans son ouvrage *L'univers, Dieu ou hasard ?*[27], revient plusieurs fois sur le sujet qu'il connaît bien pour en avoir été spectateur. Ce qui doit l'avoir marqué, les poltergeist se promenant dans son livre… ce qui leur est naturel ! Des études et des statistiques ont été réalisées, avec une question sous-jacente : existe-t-il des maisons à poltergeist ? La réponse est oui, et là nous allons retrouver le Dr Kenneth Ring et son onzième critère concernant les sujets prédisposés aux N.D.E. Les maisons où se déroulent de telles bizarreries sont, presque toujours, habitées par une famille comptant au moins un enfant fragile, de faible Q.I., ou fortement traumatisé. Bien entendu, deux explications s'affrontent ici : l'enfant détermine le phénomène, on ne sait trop comment. Ou alors, il ouvre le passage à des entités, des forces astrales qui usent de ses potentialités énergétiques subtiles pour se manifester, peut-être faute de se matérialiser.

---

27. Michaël Talbot : *L'univers, Dieu ou hasard*, Éd. J'ai lu, 1989.

Les apparitions

En nos pays, le mot « apparition » entraîne presque toujours le qualificatif « mariale ». Avec la plus profonde vénération ou un solide scepticisme à la clé. Marie me pardonnera-t-elle de la faire attendre un peu ? Il est connu que les vedettes ne débutent pas nécessairement le spectacle ! La Vierge voudra bien accepter que le rideau soit ouvert sur Mrs. Schwartz, patiente puis amie d'outre-tombe du Dr Élisabeth Kübler-Ross.[28]

E.K.R. et Mrs. Schwartz

Mrs. Schwartz, âgée d'une quarantaine d'années, était mère d'un jeune enfant, mariée à un schizophrène dangereux, et atteinte d'une maladie mortelle. Elle avait participé à un séminaire organisé par Élisabeth Kübler-Ross et avait même obtenu de participer à un second, faveur rarissime ou unique.

Plusieurs fois opérée, Mrs Schwartz déjouait tous les pronostics et survivait, survivait… Une certaine fois, elle fut déclarée

28. Dr Élisabeth Kübler-Ross : *Mémoires de vie, mémoires d'éternité*, Ibid.

morte. Et revint. Elle tint à voir E.K.R. : elle avait vécu une N.D.E. (seulement l'autoscopie) et craignait de devenir folle. Élisabeth comprit en un éclair pourquoi cette patiente s'accrochait à la vie au point de stupéfier ses médecins : elle partie, son enfant dépendrait d'un père fou et dangereux. La Grande Dame des N.D.E. la rassura quant à sa décorporation, et lui promit de s'occuper de son enfant : de le faire placer en une bonne institution après avoir fait constater l'incapacité du père. Mrs. Schwartz, rassurée, s'abandonna très peu de temps plus tard.

Passa une année. Élisabeth était à bout de souffle : responsable d'un Service hospitalier de psychiatrie, animatrice de stages sur la préparation au Voyage, conférencière demandée aux quatre coins du monde, écrivain… certes, il est possible de voir un patient tout en grignotant quelques biscottes, mais comment rogner sur les quatre heures de sommeil quotidien ? Et comment ajouter un huitième jour à la semaine ? Elle envisagea de renoncer pour un temps à l'accompagnement des mourants et à l'organisation des séminaires. Pendant deux ou trois mois, pas davantage, promis, juré.

Une dame se présenta à sa consultation ; Élisabeth crut la reconnaître : une patiente ? Mais celle-là n'était pas malade, en remarquable forme, au contraire. « Docteur Ross, tenez bon, tenez bon, nous vous aiderons ; vous ne pouvez pas abandonner maintenant. » « Mais vous êtes… » « Oui, Mrs. Schwartz, bien sûr. Vous vous rappelez… (souvenirs, souvenirs). Mais tenez, je vais écrire ce que je viens de vous dire ; vous avez des exemplaires de mon écriture dans vos dossiers. Je ne puis rester plus longtemps ; au revoir, docteur Ross. » Bien entendu, les écritures concordaient, ce que vérifia E.K.R. après la disparition de sa visiteuse. La disparition, car elle s'était effacée en quelques secondes sans franchir la porte.

Bien entendu, deux explications seront proposées. Comme à l'habitude !

Bernadette Soubirous

Était-elle une enfant sensible, médium en puissance ? En tout cas elle tint bon envers et contre tous, famille, maire et préfet, évêque. Seul son curé voulait bien l'entendre un peu.

Tout a été écrit sur Bernadette. Tant qu'elle demeura à Lourdes, les miracles succédèrent aux miracles. Moins lorsqu'elle fut exilée en un couvent. Soit dit au passage, que pouvait faire l'Église, sinon la cloîtrer ? Combien sont dangereux les saints en liberté, moins une fois cloîtrés. Et lorsqu'ils partent vers Ailleurs… ouf !

Tout a été écrit sur les miracles de Lourdes, ceux du début. Rien n'a été écrit sur les statistiques caractérisant les actuels miracles de Lourdes ; mieux valait pour les hôteliers et autres marchands du Temple en la cité mariale. Oui, des guérisons se produisent, très rarement. Ramenées au nombre des malades venus implorer la Vierge, ces guérisons représentent le pourcentage obtenu par n'importe quel guérisseur de village. Ou de guérisons dites spontanées. Constat cruel, mais constat.

Vierge ou pas, un visiteur de l'Ailleurs a besoin d'un médium pour agir en notre monde actuel. Qu'il s'agisse de guérir ou d'occasionner des *poltergeist.*

Évidemment, accomplir des guérisons miraculeuses relève d'un autre niveau que la production de *poltergeist.* Raison supplémentaire pour recourir à la récitation collective et itérative du chapelet, technique pré-hypnotique dûment attestée.

Medjugorje

C'est un ensemble de plusieurs hameaux, près de Mostar, en Bosnie-Herzégovine. Doux séjour pendant de longues années pas très lointaines.

Une dame apparut à un groupe d'adolescents, garçons et filles, et à un bambin de dix ans. Ils pensèrent qu'il s'agissait de la Vierge. Cela débuta en 1981 ; Ivanka, Mirjana, Vicka et Milkija étaient présentes dès le premier jour. Milkija devait-elle sa présence au hasard ? Elle ne s'intégra pas au groupe des six qui allaient vivre une épopée peut-être mariale mais certainement unique, au moins de par sa pérennité : Ivanka, Mirjana, Vicka, Ivan, Maria, Jacob. La Vierge visitait chaque jour des enfants de Medjugorje ! En régime communiste, voilà qui ne plaisait pas à grand monde, ce que comprit Vicka, petit à petit et surtout en un certain jour où le chef de la police de Mostar lui enjoignit d'avouer son mensonge, le revolver sur la tempe. Vicka tint bon... bien sûr, le policier ne songeait pas vraiment à tirer, mais Vicka avait seize ans ! Neuf ans passèrent ; le culte et les apparitions se firent quotidiens, en l'église. Des miracles furent accomplis et proclamés. Lourdes craignit pour son statut de capitale mariale.

Culte ? Apparition ? Relation médiumnique ? Jusqu'aux tragiques événements faisant de la Bosnie-Herzégovine un champ de bataille, chaque fin d'après-midi, les six visionnaires vinrent prier face à l'autel, dans une église pleine de fidèles et de pèlerins, entourée par d'autres fidèles qui n'avaient pu y trouver place. Prières récitées en latin, simultanément par les visionnaires, dans le silence total des assistants. Puis, soudainement ils s'agenouillent pendant un laps de temps variant entre trente secondes et quelques minutes : elle est là ; ils lui parlent et l'écoutent.

Jeux de rôles ? Hallucinations ? Mais les miracles ? Mais la personnalité rayonnante, charismatique, apaisante de Vicka ? La médecine pouvait apporter son avis ; elle ne s'en priva pas. Le professeur Joyeux, de la Faculté de Montpellier, entouré du professeur Cadilhac, neurologue, des docteurs Philippot, Rouqueyrol, Hoareau, respectivement ophtalmologiste, oto-rhino-laryngologiste, clinicien, se rendirent sur place au prix d'un voyage mouvementé. Ils sollicitèrent des voyants l'autorisation de les examiner et d'assister à leurs extases. La réponse, affirmative, attendit un jour : il convenait d'obtenir l'accord de la Vierge !

Les premiers examens confirmèrent l'avis des experts yougoslaves : les voyants étaient parfaitement normaux. Mais encore ? Manquait l'épreuve des électroencéphalogrammes. Qu'allait-il advenir ? Juste avant qu'ils ne s'agenouillent devant l'apparition, le rythme cérébral des voyants passait du rythme *bêta* (éveil, les yeux ouverts) au rythme *alpha* (celui de la méditation ou du repos, détendu, les yeux fermés). Tous, en même temps, les yeux ouverts. L'équipe médicale enregistra le fait comme contraire à toutes les normes ; le fait que six personnes soient simultanément concernées multipliant évidemment le côté extraordinaire de cette aberration médicale.

L'hypothèse de l'apparition objective pour les six n'affronte guère qu'une timide rivale : celle d'une hypnose déclenchant les extases à l'heure dite. Mais les miracles ? Une intervention surnaturelle pouvait être évoquée. Elle demeure très plausible.

Triomphe des fidèles de la Vierge ? Oui, mais ! L'apparition confiait des secrets aux voyants. Passe encore, c'est une constante des apparitions mariales. Et elle leur suggérait une ligne de conduite dont les voyants rendaient compte, notamment : « Jeûnez deux fois par semaine, trois fois si les affaires du monde ne s'arrangent pas. Adressez-vous à Dieu ou alors seulement à moi. Renoncez à la télévision, aux sports excessifs, aux jouissances excessives de la nourriture, au tabac, à l'alcool. Consacrez chaque jour au moins trois heures à la prière. La moitié de vos prières doit être consacrée à l'évêque... » Amour, compassion ? Point !

Il s'est trouvé de bonnes âmes pour évoquer une possession par une entité désincarnée prônant une théologie et une conduite de capitulation et d'inféodation. En tout cas, « Ne fréquentez pas les voyants d'Izbicno (un village voisin où se manifestait une autre Vierge). Je suis votre mère, vous devez m'obéir ; et récitons ensemble l'*Ave Maria.* » Récité par la Vierge, l'*Ave Maria* commence ainsi : « Je me salue moi-même, pleine de grâce, le Seigneur est avec moi ; je suis bénie entre toutes les femmes, etc. » On n'est pas plus modeste ! Demeure la fameuse litanie itérative !

À supposer que des entités exercent leur talent entre deux mondes, l'une d'elles a dû passer de bons moments.

Mais que le regard de Vicka est pur, et combien son élévation spirituelle surpasse-t-elle celle de la « Vierge » !

Autres Vierges, Christ et résistance des métaux.

La Vierge a pris bien des apparences et s'est adressée à bien des voyants, et surtout voyantes. Exclusivement en des pays de culture chrétienne ou, à la rigueur mixte au point de vue religieux. Elle n'a visité aucun médium à Téhéran ni à Tripoli, manifestant ainsi sa compassion envers des voyants éventuels qui eussent encouru de sérieux ennuis. Les notions de secrets reviennent très souvent, les menaces pour un monde provisoirement préservé par la Vierge qui retient le bras de son Fils et, toujours en cas d'apparitions répétitives, l'incitation à des conduites bien connues dans la plupart des religions mais, pour ce qui nous occupe, facilitant le basculement du cerveau en rythme *alpha* et, donc, un état voisin de l'hypnose, favorisant les états de conscience modifiés.

La Vierge s'adapte remarquablement au niveau intellectuel et surtout spirituel des voyants. Elle s'était montrée compatissante à Pontmain, en 1871, lorsqu'elle apparut à Eugène Barbedette. La Vierge apparue à Soufanieh (Syrie), en 1982, à une jeune femme, Myrna, faisait preuve d'une indéniable élévation spirituelle. Comme Myrna.

La teneur des propos de la Vierge varie considérablement selon la personnalité de ses médiums. Compassion à Soufanieh, menaces et exclusivisme ailleurs. Maintien sur vingt ans d'une situation de contact d'un monde à l'autre à Medjugorje.

J'ai gardé pour la fin deux cas très connus : N.D. de la Salette et N.D. de Fatima. À la Salette, tout le monde sait bien que la Vierge avait délégué une habitante de notre monde, Mlle de La Merlière, pour la représenter. Tout le monde… sauf les inconditionnels !

Fatima constitue un cas à part. L'on y retrouve une indéniable médium, Lucia, et deux autres enfants morts ensuite très jeunes, ce qu'avait annoncé l'apparition. Les messages concernaient une situation de guerre (1917), n'impliquant pas directement le Portugal, mais jamais connue avec une telle ampleur en Europe. Les apparitions de Fatima offrent la particularité d'avoir directement concerné toute une population, de par la fameuse « danse du Soleil ». Gérard de Sède – dont les écrits documentés et pertinents ne postulent pas au titre de Bible, ni d'anti-Bible – a écrit un ouvrage *Fatima, enquête sur une imposture*[29], en lequel il entendait démonter point par point toutes les données de cette affaire qu'il inclut en un contexte politico-sociologico-mystique très spécial à cette époque, au Portugal. Le livre est devenu introuvable au deuxième mois de sa parution, ce qui semble indiquer qu'il gênait, Gérard de Sède voyant chacun de ses ouvrages plusieurs fois réédités. Son *Fatima* est, de chapitre en paragraphe, d'une solide logique; en remarquable auteur, Gérard de Sède sait partir d'un « point neutre » pour aller vers une démonstration très étayée de ce qu'il pense véridique. À chacun son opinion! Cela dit, récapitulons brièvement ce qui précède.

- Les apparitions mariales concernent presque toujours des enfants, souvent traumatisés (pas toujours), sujets-types de faits médiumniques, comme ils le seraient de N.D.E.

- L'apparition donne des messages presque toujours très impératifs (sauf à Soufanieh), de tonalités différentes mais présentant deux constantes: La Vierge se veut l'intermédiaire unique pouvant « retenir la colère de son Fils ». D'autre part, les prières itératives et jeûnes répétés qu'elle demande aux voyants majorent leur capacité médiumnique, ce qui est connu de tous les psychiatres et, d'autre part, spiritualistes, de l'Univers.

- Pour suspectes qu'elles soient, ces apparitions induisent toujours une prise de conscience dans le voisinage du lieu d'apparition d'abord. De manière très étendue ensuite. À Medjugorje, par exemple, les habitants de quatre hameaux réglant parfois leurs problèmes à coup de fusil, se sont réconciliés.

---

29. Gérard de Sède: *Fatima, enquête sur une imposture*, Éd. Alain Moreau, 1977.

- En chaque cas, des médiums naturels sont en cause, ce qui semble évident pour qui connaît un peu le sujet: Bernadette (Lourdes), Lucia (Fatima), Vicka (Medjugorje), Myrna (Soufanieh).

- Des miracles très authentiques sont indéniables. De qui sont-ils le fait? Car enfin, lorsque le médium n'est plus là, le nombre de guérisons médicalement inexplicables revient à la normale (il en est de rares, hors de tout contexte mystique), après avoir culminé sur les sommets.

D'où la question: est-ce la Vierge? Si tel est le cas, son comportement n'a pas grand-chose de constant. D'autre part, on ne retrouve jamais le ton que les chrétiens fervents supposent à la mère du Christ. Notons à ce propos que, pour qui a lu les Évangiles, en a accepté la teneur et a suivi l'histoire du christianisme, la quasi-déification de Marie n'a cessé de monter en puissance, surtout depuis le Moyen âge. La notion d'immaculée conception est contemporaine de Bernadette Soubirous, et c'est Pie XII qui a envoyé Marie au ciel en corps de chair au XXe siècle.

À ce propos, notons que la promulgation de ce dogme échappe au bon sens. Tant que l'on situait la Terre au centre de l'Univers, il était permis d'imaginer « en haut » un ciel divin auquel accédaient les élus. Elie, Jésus au ciel, voilà qui correspondait aux représentations terrestre et cosmique de l'époque. Par contre, un pape du XXe siècle, envoyant Marie « au Ciel » – c'est le cas: l'Assomption – ne la condamnait-il pas à mourir étouffée, parvenue à quelques milliers de mètres d'altitude? Passe encore de ne point revoir d'anciens articles de foi, ce qui désorienterait nombre de fidèles, mais dans ce cas précis...

Une évidence s'impose, même si elle déplaît à certains: tous les faits, tous, mettant en rapport l'Au-delà et des humains sont de nature médiumnique. Depuis les faits spirites, en passant par les manifestations des morts et les apparitions mariales, ou sataniques s'il en est. Si nous supposons l'idée d'un ou plusieurs mondes intermédiaires entre le nôtre et l'Absolu, il est permis de supposer ce monde habité d'entités se manifestant par l'intermédiaire des médiums, toutes catégories et toutes circonstances confondues. Que cela aille du suicidé à des entités de niveau plus élevé semble une idée recevable. Toutes ont besoin de médiums ; dans le cas d'apparitions répétitives, l'entité impose au(x) médium(s) une conduite favorisant la médiumnité.

Nous nous retrouvons, comme toujours en cet ouvrage, devant un choix de possibilités. Schématiquement :

- Ces faits marquent des rencontres entre deux mondes. Pour ce qui s'agit de la Vierge… Libre évidemment à chacun de trancher selon ses opinions.

- L'erreur spirite (Guénon) serait incitée par le fait qu'errent dans l'astral des scories, souvenirs laissés là par des esprits ayant quitté les basses couches de l'astral. Ces scories retrouveraient une capacité de communication avec les êtres incarnés, (consciente ou dépendant surtout du médium) en parvenant à s'exprimer sur Terre.

- La duperie et l'hallucination étant exclues dans les cas sérieux, nous en revenons à des hypothèses mettant en jeu la conscience personnelle et une conscience tout à la fois cosmique et personnalisée. C'est le cas des N.D.E. !

J'ai sous-titré ce qui précède en évoquant la résistance des métaux. Le bon curé d'une paroisse du Nord de la France que je ne citerai pas a reçu la visite de Jésus. Tant qu'à faire... Le Christ lui a demandé de faire ériger une immense croix de fer, selon des critères extrêmement précis : dimensions, épaisseurs... Les fidèles montraient un enthousiasme sincère ; le maire aussi : quelle plus-value pour les recettes de la commune ! Mais voilà, la malchance (et le démon ?) revêtirent l'apparence d'un ingénieur spécialiste dans le domaine des métaux. Cet épouvantable empêcheur d'adorer en rond demanda une feuille de papier et un crayon. Deux minutes plus tard, il rendait son verdict : selon les critères requis, la capacité de résistance du fer serait largement dépassée et la croix se casserait dès qu'on en assemblerait les éléments. Avis dûment confirmé, bien sûr ! M. le curé ne mentait pas. Nous en revenons aux hypothèses précédentes. L'Église romaine a laissé faire. A canonisé Bernadette. Mais n'a jamais imposé une adhésion aux apparitions mariales.

Des mondes parallèles existent peut-être et même probablement. Peut-être les créons-nous par notre observation (la physique quantique). Peut-être appartiennent-ils à la même *Maya* que le monde sensible. Ou alors convient-il de relire la définition du mot « solipsisme » en un bon dictionnaire.

QUATRIÈME PARTIE

La réincarnation

« *La naissance de l'homme ici-bas, ainsi que sa mort ne provoquent qu'un déplacement de l'esprit qui est ôté d'un endroit et déplacé vers un autre. C'est ce qu'on appelle Gilgoulim, la migration des âmes.* »

Extrait du Zohar

Parmi des milliers de citations possibles concernant la réincarnation, j'en ai privilégié une, celle de l'exégèse intelligente de la plus « matérialiste » et contraignante des religions. Ceci afin de placer un point d'interrogation concernant tous les êtres se réclamant d'une religion dogmatique : l'époque de l'obéissance étant assumée, ne convient-il pas de chercher au-delà des lois valant pour un temps, pour un peuple, à une époque ?

Les matérialistes nous promettent au néant ; ils forment un groupe homogène. Les religions « du Livre » nous enseignent que notre sort *post-mortem* se joue en une seule existence terrestre.

L'Asie, certaines expressions hérétiques des religions occidentales, nombre de religions antiques, des chercheurs en appelant à des techniques telles que l'hypnose, curieusement quelques scientifiques, évoquent la réincarnation. Le deuxième groupe se veut homogène et l'est, pour l'essentiel, autant que le premier. Le troisième groupe se présente en ordre dispersé : ses modèles de réincarnation ne sont pas toujours voisins. Un groupe à part est formé par les voyageurs de la N.D.E. : dans leur immense majorité, ils ont bien du mal à préciser leur modèle de réincarnation. Cela se comprend : ils se sont ressentis en tant que Je, unis à l'univers tout entier. Voyons à préciser ces différents modèles de réincarnation.

Restons simples

Un corps physique, un périsprit, un esprit, ainsi les spirites nous voient-ils. La théologie spirite demeure dans une obédience christique, même particulière. Le péché originel, les saints, le rachat, tout y est. Mais le Christ, s'il a permis le rachat, ne nous permet pas de l'obtenir nécessairement en une seule existence terrestre. Des fautes sont à expier, des enseignements à recevoir, ici ou dans l'astral. Qu'est-ce qui va d'incarnation en incarnation jusqu'à sa rédemption ? L'esprit. Par rapport à ce que nous allons voir, il n'est pas question de salut collectif, le sort de chacun étant individuel. Ou bien encore de subtilités relatives à différents corps spirituels. La réincarnation qu'envisagent quelques MM. et Mmes. Toutlemonde rejoint celle des spirites, la théologie en moins. À quoi bon compliquer ce qui peut être conçu comme simple ? Les hindouistes ne l'entendent pas ainsi.

LE MODÈLE HINDOUISTE

Les hindouistes semblent protéger les arcanes des mystères touchant à la mort. Un extrait de la *Brihadâranyaka Upanishad*, très connu, en témoigne : Un maître répond aux questions d'un disciple quelque peu contestataire : « Quand l'homme meurt ici-bas, qu'est ce qui ne l'abandonne pas ? » « Prends ma main, mon ami ; nous seuls devons connaître ces choses ; nous ne devons pas nous en entretenir en public. » Ailleurs il est fait allusion au secret suprême. Autant l'écrire tout de suite, ce qui découle des enseignements publics est soit incomplet, soit adapté à l'entendement des masses. Ou les deux à la fois.

Le *Bhraman* est Dieu suprême, éternel, omniprésent, immuable. Au-delà de toute contingence, de toute imagination ; son mystère est insondable. L'*Atman*, racine de toutes les personnalités, peut être vu comme une première manifestation de l'Absolu ; intervient ici la notion de trinité : *Sat-Chit-Ananda.* Cette trinité est à la fois identique en essence au Bhraman et identique en essence au dehin, présence divine cachée dans le corps humain, inaltérable, hors de toute atteinte. Ce dehin est particularisé en chaque être sous forme de *Jîva.* Le modèle hindouiste de ce que l'Occident chrétien nomme « âme » est plus compliqué et, surtout, fondamentalement différent. Simplifions, dans la mesure où nous ne visons pas à une étude en profondeur de l'hindouisme. Plus compliqué : la nature de l'humain est quintuple, depuis le corps matériel périssable jusqu'au Jîva. Structurellement différent : pour un chrétien de notre temps, l'âme a été créée. Pour un hindouiste, elle est éternelle puisque émanée, en dernière analyse, de l'Atman, première manifestation de l'Absolu. Est intervenue, à l'origine d'un cycle, une séparation, laquelle ne compte que dans la temporalité, mais, en l'éternité qui « est », pas seulement en devenir, Jîva est partie intégrante de l'Absolu. D'où un constat échappant à notre entendement humain car semblant faussement ambivalent : Jîva « est » Dieu... et non pas une parcelle de Dieu. Comment concevoir un Absolu réduit en parcelles ?

Qu'est-ce qui se réincarne ? Jîva ? Certes, Jîva, mais, à chaque fois enrichi d'une expérience nouvelle. Et chaque être réincarné se présentera sous la forme d'une apparence dans le comportement devant à Jîva, à une composante mortelle, à des acquis terrestres dépendant du mode de vie, de la culture, de l'ethnie... Pourquoi Jîva se réincarne-t-il ? Trois réponses viennent ici : la première est pratiquement exclue dès sa formulation, elle ressemblerait à celle du christianisme tablant sur une seule existence terrestre ; c'est-à-dire se purifier jusqu'à mériter le ciel. Jîva n'a pas à mériter le ciel : d'une façon qui échappe à l'entendement ordinaire, Jîva est Atman, qui est le Brahman. Deuxième formulation : pour acquérir des connaissances que l'on ne peut acquérir que lors d'une incarnation et se défaire du mal qui, inévitablement et pour une raison non expliquée se rattache nécessairement à ses acquisitions terrestres. Voilà qui semblerait répondre à une certaine logique : dans tous les cas Jîva est associé à un précaire élément seulement terrestre. Eh bien, et pour qui veut aller au fond, il convient tout simplement de renverser la proposition et de formuler le concept que jamais aucune religion « du Livre » n'a seulement envisagé et que l'Asie ne dévoile pas toujours nettement : L'Absolu a besoin de se réaliser dans la temporalité et ses incarnations sous forme de Jîva, en association avec des composants promis à la finitude, lui permettent, soit de parachever un nouvel Atman (Dieu, trinité) à chaque cycle, soit de se parachever à la faveur de chaque cycle. Le grand savoir ésotérique, donné à entendre en paraboles, suggestions, appels à une compréhension bien au-dessus du quotidien, s'exprime en équation hors d'atteinte du seul intellect : l'Absolu est, hors de toute considération, en son éternité. Cependant, l'Absolu s'individualise sous de multiples facettes, lesquelles s'unissent pour un temps à ce qui n'est pas l'Absolu. Cela dit, chaque Jiva quittant une incarnation ne peut remonter vers Atman que s'il a appris ce qu'il devait apprendre et s'est libéré de toute scorie intempestive. Ce qui détermine le départ et le retour... ou le non-retour.

Qu'advient-il à la mort? Une dissociation intervient entre ce qui est seulement terrestre et le Jiva accompagné de son karma, de son acquis terrestre fait d'éléments utiles à Atman et d'autres qu'Atman ne saurait supporter. Et ce qu'un Occidental nommerait l'âme par l'une des portes que j'ai déjà évoquées: les chakras. Quittera-t-elle le corps par l'un des chakras « terrestres », la route d'un enfer sera ouverte. Un enfer, car il en est plusieurs, innombrables, plus ou moins prometteurs de souffrance. Quittera-t-elle le corps par le chakra du cou ou par celui du front, le chemin d'un paradis s'ouvrira. Il en est plusieurs, ce qui rappelle une citation imputée au Christ: « Il est plusieurs demeures dans la maison de Mon Père. » Du temps passera... que l'on exprimera en jours ou en milliards d'années et ce sera le voyage inverse, la réincarnation, car ni les paradis ni les enfers ne sont éternels. Une voie, une seule, conduit le Jîva ayant atteint le degré de perfection lui permettant de revenir à la Source, celle du septième chakra, celui de la fontanelle, celui de la délivrance suprême. Cette « personnalité » ayant accédé au statut d'Atman est délivrée à jamais. Elle rejoindra l'ineffable Lumière du total amour. Un inspir et un expir du Brahman ne suffiront pas à délivrer toute son émanation, mais le délivré ne se réincarnera plus. Dieu réalisé, en un statut incompréhensible pour l'humain, préservant son identité. Les cycles succèdent aux cycles en une éternité immobile paradoxalement nourrie d'une temporalité sempiternelle. Teilhard de Chardin exprimait, autrement, un certain nombre d'idées comparables quant à Dieu en devenir.

Un voyageur de la N.D.E s'étant baigné dans la Lumière est-il promis à la communion avec et en Atman ? C'est bien ce que semblent penser les hindouistes qui recherchent l'Éveil – cousin de la N.D.E. – de leur vivant.

LE MODÈLE BOUDDHISTE

Deux avis concernant le bouddhisme reviennent parfois. Le premier est le fait d'êtres extrêmement imprégnés du concept porté par les religions « du Livre » concernant Dieu : le bouddhisme n'est pas une religion puisqu'il nie l'existence de Dieu ; c'est une philosophie, un art de se rendre imperméable à la souffrance. Le second est énoncé par des êtres ayant superficiellement étudié l'histoire et le contenu des religions : le bouddhisme est le pire ennemi de l'hindouisme. Deux opinions erronées. Voyons tout d'abord les origines du bouddhisme. Le prince Gautama (Ve siècle avant notre ère) fonda le bouddhisme, probablement sans le vouloir et sans en entrevoir le succès dans la durée.

L'hindouisme traversait une mauvaise période, essentiellement pour deux raisons : la mise à disposition des masses – la traduction – de son ésotérisme prenait des allures de contes de fées (est-ce encore un peu le cas ?) et, d'autre part, les brahmanes, les membres de la caste sacerdotale, abusaient de leur statut. Le prince Gautama – le Bouddha pour les siècles à venir – ne pouvait pas grand-chose à l'arrogance des brahmanes ; il pouvait par contre s'attaquer à certaines traductions abusives de la doctrine secrète… peut-être en allant trop loin.

Sur l'existence de Dieu, celle de l'ego, sur la survie, contrairement à beaucoup de préjugés, il ne se prononça jamais. Il éluda. Il écarta à chaque fois une proposition et son contraire, laissant entendre qu'il était vain de vouloir philosopher en de tels domaines.

Depuis quinze siècles, des clivages se sont opérés. Par exemple le bouddhisme du sud répète le langage du Bouddha, peut-être sans considérer qu'un ésotérisme n'a pas été exprimé, ce qui ne devrait pas dissuader les disciples de le rechercher ; le bouddhisme tibétain s'est accompli, notamment quant à l'existence d'un principe allant de vie en vie, même si nous sommes loin des thèses hindouistes, en apparence du moins.

Le Bouddha a enseigné de manière exotérique les voies conduisant à la non-saisie, à la non-souffrance. Quant à la réincarnation, tout au plus a-t-il enseigné que persistait un Karma, résultat des actions d'existences multiples. Ce Karma persiste, lui, mais aucun fil ne relie une existence à une autre porteuse du même Karma. Voilà qui, pour un profane, semble nous vouer au néant, notre dernier souffle rendu, laissant à un Monsieur ou une Madame X à venir (ou à un animal) le soin de se débrouiller avec le poids de nos erreurs et méchancetés diverses. De nos bonnes actions aussi. Est-ce le dernier mot du bouddhisme ? Le Bouddha, parvenant à l'Éveil, s'est souvenu de toutes ses incarnations précédentes ! D'où l'évidence d'un ésotérisme sinon à comprendre, du moins à prendre en considération.

Le bouddhisme tibétain, avec mille précautions, considère quand même qu'un élément humain persiste, quitte à dormir jusqu'à être retrouvé par un futur éveillé. Donc, le bouddhisme semble moins complaisant que l'hindouisme pour les malheureux errants que nous sommes. Sauf en cas d'Éveil.

L'Éveil, maître mot. Recherché par l'ascèse, la méditation, il peut être obtenu de manière fulgurante. Son bénéficiaire parvient au statut de Bouddha. Il entre dès son vivant dans la Lumière et, lui et son Karma, échapperont à la funeste roue des réincarnations.

Lorsque on les pousse un peu loin, les lamas émettent l'idée que le Dieu du présent cycle sera accompli lorsque le dernier des Bouddhas en puissance aura connu l'Éveil.

Et Dieu ? Les lamas ne veulent pas approfondir la question. Considérons tout de même qu'un Absolu reste un Absolu et qu'un éveillé atteint à cet Absolu. Même si un éveillé attend à la frontière du Nirvana, se refusant d'y entrer tant que ne serait-ce qu'un seul vivant attendra l'Éveil. Évidemment, il s'agit d'un état d'être et non d'un lieu.

Dans l'hindouisme, s'exprime à l'évidence un certain panthéisme. Dans le bouddhisme, n'y aurait-il pas, en plus, comme un zeste de solipsisme ?

Teilhard de Chardin, évoquant un Dieu en devenir, ou bien encore l'illustre physicien David Bohm énonçant que « à un certain niveau de conscience, nous sommes tous le même être, vérité connue depuis l'aube des temps, que chaque époque doit formuler à sa façon » expriment-ils un panthéisme ou un solipsisme ? Affaire de nuance ? Ou simplement de sémantique ?

Et la réincarnation, pour les bouddhistes comme pour les hindouistes, d'ailleurs ? Mieux vaut parvenir bientôt (cette fois-ci ou dans les mille existences à venir) à l'Éveil. Ou alors... il y en a pour longtemps !

À supposer que le monde sensible aille d'un Big-bang à un Big-crunch et que cela corresponde à un inspir, suivi d'un expir du Brahman... il y en a pour quelques dizaines de milliards d'années. Et les cycles sont réputés succéder aux cycles !

ZARATHOUSTRA, LA GNOSE CHRÉTIENNE, LES CATHARES.

Quel point commun peut-il réunir un prophète asiatique ayant vécu de sept à huit siècles avant notre ère, des chrétiens n'ayant pas divinisé Jésus, des « hérétiques », surtout occitans et lombards, s'étant exprimés aux XIIe et XIIIe siècles ? Les farouches ennemis des syncrétismes abusifs n'en conviendront certes pas, et pourtant ce point commun les nargue par son évidence : sur l'origine du drame humain, sur les moyens de clore ce drame, sur les fins dernières, tous ceux-là ont exprimé de mêmes concepts, aux nuances sémantiques et culturelles près.

Zarathoustra ne pouvait concevoir que le Bien et le Mal proviennent d'une même source. L'amour, la compassion, la beauté, le ressenti fraternel partagé, la vie devant soi... la haine, l'horreur, les souffrances et la mort, voulus par une même puissance créatrice ? Zarathoustra refusait le schéma classique d'une faute originelle imputable à un ange déchu, ou à un couple humain. Si Dieu est tout-puissant et omniscient, s'il transcende le passé, le présent et l'avenir, il ne pouvait ignorer comment l'homme userait de son libre arbitre. Et, donc, Dieu est le véritable incitateur du mal. Un tel concept s'appelle un dualisme ontologique. Les tenants des religions du « Livre », suivis par de prestigieux philosophes, ont combattu l'idée d'un Dieu qui ne serait pas seul à l'origine. Il n'empêche que les humains que nous sommes, s'ils refusent un dualisme ontologique à l'origine de la création, doivent céder ou sur la toute-puissance ou sur la toute bonté de Dieu. La toute-puissance ne résiste d'ailleurs pas à cinq minutes de réflexion, humaine, s'entend : Dieu a-t-il puissance de s'autodétruire ; de créer un autre Dieu son égal ? Ayant donné le libre arbitre à des créatures, peut-il encore être considéré comme tout-puissant… sur ce libre arbitre ? Les philosophes de toutes tendances ont exercé leur art sur de telles questions !

Zarathoustra a imagé les deux opposants de son dualisme : Ormuzd, seigneur de la lumière, et Arhiman, prince des ténèbres. L'humain, et la création en général, sont le fruit et l'objet de l'affrontement entre ces deux principes. Ce qui est divin en l'humain (ce qui lui vient d'Ormuzd) ira de corps en corps jusqu'à la délivrance finale qui verra Ahriman se dissiper dans le non-être qui le fonde réellement. Doctrine simpliste ? Moins élaborée que l'hindouisme, sans aucun doute. Mais très motivante pour l'humain et lui désignant un adversaire à vaincre. Par une maturation de son être véritable.

Pour Zarathoustra comme pour ses successeurs dans le courant de pensée dualiste, une version opposée ou complémentaire s'est toujours exprimée, parfois majoritaire, le plus souvent minoritaire, celle du dualisme mitigé : Les deux principes sont issus d'une entité suprême ayant besoin d'un mal pour l'on ne sait trop quel dessein divin. Ou pour apprendre à la créature à savoir se défendre contre le mal. Créer un mal pour apprendre à le vaincre ! La deuxième version ne change rien au *modus operandi* de la victoire finale du Bien en chaque être. Ni au concept, assez peu précisé, de ce qui se réincarne.

Zarathoustra a réanimé le *mazdeisme* ; à l'inverse du Bouddha, il n'a pas créé une nouvelle religion, ce qui ne l'a pas empêché de passer à la postérité. Quiconque entend se former une opinion sur la personnalité et la pensée de Zarathoustra pourra lire l'*Avesta,* texte très peu dogmatisant, poétique et donnant à comprendre le mazdeisme. Jean Prieur a écrit un Zarathoustra[30] – très fidèle à ce que l'on sait réellement du prophète et de son œuvre. Le *Ainsi parlait Zarathoustra,* de Nietzsche[31] – nous montre la recherche du surhomme et non l'abandon de l'homme à sa source de Lumière. Nietzsche (1844-1900) n'a certes pas choisi ses admirateurs du siècle suivant. Son interprétation du surhomme Zarathoustra en a fait un modèle de référence du Nazisme ! Ce qui s'explique dans une assez large mesure. N'aurait-il rien compris à son sujet ?

La gnose chrétienne a eu ses docteurs fameux : Markos, Basilide, Marcion, Valentin... Ceux-là n'ont pas vraiment cherché à se fédérer en Église ; leur enseignement a été étouffé dès lors que l'Église romaine a été vraiment structurée, en 325, au concile de Nicée, sous l'égide de Constantin Ier. Le Christ, entité venue en corps subtil, éon demeuré pur, est venu apporter au monde un message de compassion et d'incitation à la recherche de l'étincelle divine bien cachée. La gnose devait à Zarathoustra, à Platon... et au christianisme originel. La réincarnation y est enseignée ; pas tellement ses modalités. Manès (v. 210-v.273) était né en Perse. Il créa le *manichéisme,* religion abominablement diffamée s'il en fut, mais de haute spiritualité pour qui l'a étudiée. Le manichéisme peut être regardé comme une expression de la gnose chrétienne attouchée de bouddhisme. La réincarnation est présentée en article de foi et, pour ce qui nous intéresse particulièrement ici : « l'auditeur qui souhaitait devenir parfait (entendre « prêtre ») devait faire une expérience analogue à celle que fait l'âme au moment de la mort. »

30. Jean Prieur : *Zarathoustra,* Éd. Robert Laffont, 1972.
31. Friedrich Nietzche : *Ainsi parlait Zarathoustra,* Éd. Librairie générale française, 1983.

Comment ? Ces choses-là ne s'écrivent pas, mais l'Asie en général a toujours préféré un Éveil obtenu par des méthodes telle que la méditation, ou d'autres plus radicales, au symbolisme cher aux francs-maçons. Manès est mort persécuté. Le manichéisme aussi, sous le règne de Théodora. Mais les idées ne meurent pas si facilement !

Les concepts manichéens furent adoptés, avec telle et telle nuances, notamment par les pauliciens, en Arménie, puis par les bogomiles, dans les Balkans et une partie de l'actuelle Turquie. À partir du XIIe siècle, ils se répandirent en divers pays européens, combattus par les bûchers et les cachots, sauf en Lombardie et dans le comté de Toulouse, où régnait une tolérance religieuse exceptionnelle en ce temps. Les cathares dirent un message christique gnostique.

Bafoué dans l'analyse qui en fut ensuite développée, le catharisme du Midi de l'actuelle France fut détruit et les cathares exterminés au cours du plus sauvage holocauste à prétexte religieux qui se soit déchaîné en Europe depuis le massacre des manichéens jusqu'à notre époque. L'Histoire de France et celle de la chrétienté romaine éludent vingt ans de guerre, vingt autres de guérilla, un siècle de tortures, de pendaisons et de bûchers ; pour ce qui les concerne, les pouvoirs en question ont bien raison d'avoir choisi le silence !

Le catharisme reprenait les grandes axiomes de ses devanciers en matière de philosophie, avec une très forte affirmation de sa vocation chrétienne. Il semble bien que les « parfaits » et « parfaites » avaient suivi des sentiers initiatiques les ayant conduits très en avant vers la Lumière. Mourant dans les flammes, ils « paraissaient une deuxième fois devant Dieu. » Ceux-là étaient censés échapper à la roue des réincarnations. La fin des temps – déjà acquise dans l'Absolu – voyait le retour au seul véritable Dieu de tous les esprits attirés dans le monde de la matière par un archange (Satan), lui-même séduit par le Principe du Mal. Quant à la réincarnation, une lecture un peu fine des textes[32] montre qu'elle s'achevait, pour chaque être par la séparation en lui de l'Être et du Néant (les deux principes). Les dépositions de simples croyants, arrachées par l'Inquisition, fournissent des concepts naïfs, rejoignant les modèles simplistes précédemment évoqués.

RÉINCARNATION SANS ÂME

Le bouddhisme va quelque peu dans ce sens: un Karma va d'incarnation en incarnation, mais aucun fil ne relie les porteurs de ce Karma. Il est vrai que le Bouddha, parvenant à l'Éveil, se serait rappelé toutes ses incarnations. Il y a là un paradoxe ésotérique que le commun des exégètes saisit imparfaitement. Un physicien de notre siècle allait proposer un superbe modèle de réincarnation sans âme: Jean E. Charon[33]. Son postulat, méritait une attention particulière.

Charon partait d'une idée vieille comme la philosophie: l'élément porteur de l'esprit, de l'information en chaque humain devait répondre à une double caractéristique: être matériel mais échappant néanmoins aux contraintes, notamment temporelles, de la matérialité. Charon recherchait donc un élément bien matériel mais répondant aussi à ce qui caractérise l'esprit, notamment une pérennité n'allant peut-être pas jusqu'à l'immortalité; encore qu'il n'en excluât pas la possibilité. Il trouva ou pensa trouver.

Physicien reconnu par ses pairs, Charon se voulait disciple

---

32. René Nelli: *La philosophie du catharisme,* Éd. Payot, 1975.
33. Jean.E. Charon: *L'esprit cet inconnu,* Éd. Albin Michel, 1977.

d'Einstein, pari difficile dès lors que se trouvait en cause le domaine atomique et infra-atomique. Charon avait postulé sa version de l'esprit avant que n'intervienne la fameuse expérience d'Aspect (1982) dont j'ai déjà rendu compte. Expérience qui rendait à tout le moins incomplètes les thèses de Charon. Son modèle atomique datait déjà : noyaux matériels faits de protons et de neutrons, électrons gravitant autour du noyau. La notion de particules était prise en compte, mais non celle d'ondes. À l'heure actuelle et faute de mieux, la plupart des physiciens évoqueraient plutôt des ondes se condensant en particules. Proposition loin de se vouloir définitive : personne ne sachant ce qu'est la matière. Charon voyait l'atome comme un système solaire en miniature ; on sait au moins que tel n'est pas le cas. Mais voyons sa thèse.

Le proton et le neutron possèdent chacun une masse, très voisine. L'électron possède une masse 1 850 fois plus faible. Les études les plus fines attribuent un volume au proton et au neutron. Mais pas à l'électron, même infime à l'extrême. Fort de sa théorie atomique, Charon postula donc que l'électron possédait une densité presque infinie, celle d'un « trou noir » en miniature, voire même de la singularité ayant donné naissance au cosmos lors du Big-bang.

Il est démontré que la densité et la vitesse de la lumière sont les deux éléments connus qui affectent le cours du temps. La lumière échappe au défilement du temps ; les trois premières minutes ayant suivi le Big-bang (et surtout les premiers milliardièmes de seconde) sont exprimés en un temps qu'eût mesuré une impossible (?) horloge extérieure chronométrant l'événement en étant soumise à une force gravitationnelle comparable à ce qu'elle est sur Terre. Ou, à d'infimes variations près, en tout corps céleste non effondré en trou noir ou en instance de l'être, ou encore en étoile à neutrons. À supposer une conscience (!) à la singularité explosant lors du Big-bang, le premier milliardième de seconde a pu lui sembler durer des millions d'années, et les trois premières minutes, autant ou davantage que les quinze milliards d'années d'âge imputés à l'univers.

Jean Charon en appelait à cette contraction du temps en des conditions de densité extrême. Il lui demandait, de plus, d'adopter une temporalité cyclique, un sempiternel retour, ne cessant de monter en information. En somme, un électron non incarné profitait de chacune des incarnations s'offrant à lui pour s'enrichir en connaissance. Charon faisait bonne mesure en ajoutant l'amour et la réflexion à la connaissance.

Il convient de comprendre que la démonstration de ce scientifique reconnu s'appuyait sur des arguments hautement mis en place et découlant avec une parfaite logique des postulats initiaux de leur inventeur. Il se trouve que l'évolution de la physique subatomique n'est pas allée, depuis vingt-cinq ans (et même avant les travaux de Charon) dans le sens qui eût étayé ses théories.

Et la réincarnation, là-dedans ? Cléopâtre, en mourant, a exhalé nombre d'atomes comportant leur lot normal d'électrons. Le calcul statistique montre que chaque habitant de l'an 2000, porte en lui quelques électrons riches de « l'information Cléopâtre ». C.Q.F.D. Charon voit là le fait qu'existent bien réellement des réincarnations de Cléopâtre. C'est ici que les adeptes de la réincarnation, toutes tendances confondues, s'étonnent : les supposés réincarnés vivent une ou plusieurs incarnations précédentes, mais quelques-unes seulement. À suivre Charon, ils devraient en vivre des milliards de milliards, depuis celles des premières amibes, en passant par l'Homme de Cro-Magnon, le cheval blanc d'Henri IV, sans oublier le facteur Cheval. Ce qui n'a encore jamais été noté. À supposer que Jean E. Charon ait, d'une certaine manière, raison, encore faudrait-il admettre qu'existent des électrons privilégiés, seuls en état de transmettre une information réalisant un modèle admissible de réincarnation.

L'affaire en est là, mais Charon compte ses disciples plus facilement que voici vingt-cinq ans. Il n'empêche que son idée de base : l'esprit inclus dans la matière et s'en libérant à la mort, sous-tend tous les modèles en appelant, sous des appellations diverses, à l'existence de l'âme. Ce qui semble pêcher dans les théories de Charon ne concerne pas le fait que l'esprit et la matière puissent se trouver liés pour le temps de l'incarnation ; est en cause ici la très rapide évolution de la physique et, surtout l'antagonisme « relativité – physique quantique ».

Modèles effectifs

Les théories et modèles conceptuels sont une chose. Nous venons d'en survoler quelques-uns, les plus courants. Des humains font état de leurs réincarnations, sous hypnose, en état de méditation profonde, parfois spontanément. À quel modèle se réfèrent-ils, ou plutôt nous amènent-ils ? Évidemment au plus simple : Je me suis réincarné ; j'ai été Untel à une époque révolue, parfois très proche d'ailleurs. Ces cas surabondent ; ils cèdent parfois rapidement à l'analyse. Pas toujours. Je vais proposer au lecteur de revenir huit siècles en arrière pour un premier exemple.

Le docteur Guirdham et Mrs Smith, sa patiente.

Le docteur Guirdham, psychiatre britannique, publiait en 1971, un captivant ouvrage[34], devenu introuvable. Le docteur narrait une histoire bien réelle, étalée sur près de dix années.

Mrs Smith, jeune anglaise de trente ans, était venue consulter en 1962, non pas que son état psychique inspirat des inquiétudes mais parce que des cauchemars la tourmentaient depuis vingt ans ; leur fréquence augmentait jusqu'à deux ou trois par semaine, ce qui finissait par la gêner beaucoup dans sa vie quotidienne. Cauchemars assez simples : la jeune fille, puis la jeune femme, voyait un homme entrer en une chambre où elle se trouvait allongée sur le plancher. Le docteur entreprend alors un traitement faisant place à l'hypnose, lequel soulage immédiatement sa patiente. Dès lors, pour le lecteur de l'ouvrage, deux séries de faits se produisent, simultanées, la patiente et le psychiatre vivant deux aventures non pas parallèles mais en étroites relations.

La patiente régresse dans le temps ; elle se retrouve dans le comté de Toulouse au moment de la grande persécution conduite par Rome et Paris contre les cathares. Elle raconte littéralement sa vie, ses amours, ses peines et ses souffrances. Qui plus est, elle cite des lieux, évoque des personnages qu'ignore l'Histoire mais non pas de rares spécialistes du catharisme à cette époque. Elle donne des détails allant contre les idées reçues (la bure bleue de certains revêtus cathares, le pain de sucre utilisé comme médicament). Elle cite des noms de villages disparus depuis des siècles. Puérilia – tel est son nom – se souvient fort bien de sa vie cathare. Je dois préciser ici que le niveau d'instruction de Mrs Smith ne dépassait pas une honnête moyenne et que nombre de détails qu'elle évoquait ne pouvaient

34. Dr Guirdham : *Les cathares et la réincarnation*, Éd. Payot, 1971.

être connus de personne en Angleterre. Et en France ? Le docteur en référa à trois spécialistes éminentissimes : Déodat Roché, le professeur René Nelli, Jean Duvernoy. Un immense spécialiste de l'histoire des religions doublé d'un ésotériste averti, le prodigieux exégète de la philosophie cathare, un historien hors pair. Ceux-ci se passionnèrent pour ce cas, authentifièrent nombre de précisions, en déclarèrent d'autres (non vérifiables) parfaitement crédibles et, même, découvrirent des faits qu'ils ignoraient mais finirent par vérifier. En somme, la présomption étayée d'une réincarnation. Un détail me chagrine : Mrs Smith-Puérilia se souvint d'un poème en français d'Oïl et non d'Oc, ce qui surprend, compte tenu de la barrière linguistique existant à cette époque. Peut-être une explication peut-elle être invoquée, mais si j'avais à relever un point faible dans cette aventure, ce serait celui-là !

L'épopée spirituelle du médecin a de quoi surprendre, elle aussi. Il vint dans l'ancien comté de Toulouse, se souvint de chemins et rues disparus depuis longtemps mais dont témoignaient d'anciens cadastres. Il ressentit souvent d'étranges impressions de déjà vu, pas nécessairement en un site tel Montségur, mais en des lieux beaucoup plus confidentiels. Sur un autre plan, il comprit la parenté rattachant la religion de Zoroastre, la gnose chrétienne, le manichéisme, le catharisme. De nos jours, sauf pour les spécialistes (?) faisant de nuances des barrières infranchissables, de telles idées passent pour, à tout le moins, recevables. Voici trente-cinq ans, un homme avait compris cela : Déodat Roché… que le docteur rencontra après avoir découvert l'essentiel du catharisme.

Que penser de ce qui précède ? Que le docteur et sa patiente avaient, l'un et l'autre, connu le XIIIe siècle ? Qu'une télépathie se créa, au XXe siècle, mettant en recherche le docteur, à partir des récits de sa patiente ? Que le médecin avait, à son issu, influencé sa patiente ? Il s'est trouvé des exégètes pour supposer que le docteur et sa patiente s'étaient déjà rencontrés à l'époque concernée, ce qui expliquerait certaines interférences de pensées. Et quoi d'autre ?

Quoi qu'il en puisse être, ce cas est simple ; il tend à suggérer une réincarnation pure et simple, toute distinction entre un ego et un Soi ne trouvant pas ici sa place.

Les « cas Stevenson »[35]

Le professeur Ian Stevenson, en une longue partie de sa carrière, s'est intéressé aux cas d'enfants évoquant des faits allant dans le sens de la réincarnation. Il a quitté son beau pays de Virginie et, avec ses assistants, a parcouru le monde, notamment les USA, la France, la Birmanie, l'Inde, la Turquie… 29 pays en tout. Il a retenu 1 600 cas… dont 38 en France. On notera que la fréquence des cas jugés intéressants reste homogène, quelles que soient les cultures ou les religions. Les cas retenus concernent des enfants évoquant des souvenirs précis et récents retrouvant le vécu d'enfants morts très jeunes, généralement de maladie, ou d'adultes décédés de mort violente. Toutes les précautions concernant, par exemple, des collusions entre familles ont, bien entendu, été prises. Que conclure de ces expériences ? Ou, du moins, quelle explication proposer ? Que les très jeunes enfants conservent, sous-jacente mais accessible, une mémoire précédant leur naissance ; celle-ci s'enfouissant dans les couches subconscientes vers l'âge de six à sept ans. Ensuite, que les morts prématurés se réincarnent parfois très vite, comme si leur mission avait été malencontreusement interrompue et qu'ils devaient la poursuivre et l'achever sans retard.

35. Isola Pisani : *Preuves de survie*, Éd. Robert Laffont, 1980.

L'enquête du professeur Stevenson et de ses collaborateurs ne s'est jamais départie d'une implacable rigueur. Il cite des centaines de cas troublants. J'en résumerai un.

Wiretjane est né le 17 janvier 1967 au Shri-Lanka ; à l'époque de l'enquête, il est âgé de cinq ans. Enfant renfermé, il raconte à sa mère des histoires intéressant peu les enfants de son âge. Il a déjà vécu et ressent douloureusement l'exécution ayant sanctionné le meurtre de sa femme, Podi Menike. L'enfant souffre de séquelles (karmiques ?), une malformation du bras droit et une atrophie des doigts. Ce récit, dit et répété, intrigue la mère de Wiretjane qui en parle à son époux. Celui-ci est bouleversé : depuis son jeune âge, il n'a jamais évoqué le drame familial ayant marqué son adolescence : son propre frère, Ratran Hami a été accusé d'avoir tué son épouse qui se refusait à lui. Wiretjane « reconnait son forfait », et conçoit en sa vie présente le prix à payer et l'occasion de réparer le mal qu'il a fait.

Un professeur de philosophie, Ananda Maitreya, est intéressé par cette affaire ; il converse maintes fois avec Wiretjane. Une foule de détails connus seulement de la belle-famille de Ratran Hami sont retrouvés par l'enfant. Des constatations médicales montrent que Wiretjane est atteint d'une malformation des côtes à l'endroit précis où Podi Menike a été poignardée.

Des années passent, Wiretjane se marie, rencontre avec sa femme le même type de difficultés qu'avait rencontré Ratran ; il les surmonte et établit avec sa femme des relations normales.

Des cas semblables abondent dans les recherches du professeur Stevenson. Il avait orienté son enquête sur le cas d'enfants narrant des faits vérifiables dans un court espace de temps entre leur présent et leur supposée incarnation passée. Le professeur, sans rien affirmer, se montre très interpellé par de tels cas. Il regrette que la plupart des parents « n'écoutent pas leurs enfants lorsqu'ils parlent avec des êtres imaginaires » et « n'attachent pas d'importance aux histoires étranges qu'ils leurs racontent ».

Le professeur Stevenson a envisagé de reprendre un même travail avec des adultes. Il y a renoncé. Autant les cas d'enfants sont très nombreux : un sur mille détecté, un sur dix, ou mieux, détectable (?) autant les cas d'adultes sont rares et sujets à caution. Existent des cas effectivement troublants, mais leur étude demande de très difficiles vérifications dans un lointain passé. Un cas qui avait stupéfié les experts en la matière, celui de Bridey Murphy, a été mis en pièces après des recherches poussées : elle revivait une histoire lue en son enfance et agrémentée à sa manière. De très bonne foi.

Selon le professeur, les récits obtenus sous hypnose par exemple, apportent peut-être des éléments allant dans le sens de la réincarnation, mais ils interfèrent le plus souvent avec le vécu actuel du patient, la vie qu'il souhaiterait, et ce qu'il pense que l'on attend de lui. Ce qui précède met en exergue deux défauts opposés, débordant largement le présent sujet : la naïveté, le refus de tout examen de faits posant problème.

Helen Wambach

Le docteur Helen Wambach, récemment décédée, exprime dans ses ouvrages[36] une personnalité très attachante. Elle n'a certes pas, telle Élisabeth Kübler-Ross, accompagné des milliers de mourants jusqu'au seuil, mais elle a fait beaucoup mieux

---

36. Dr Helen Wambach : *Revivre le passé*, Éd. Robert Laffont. 1971.

qu'expérimenter avec les milliers de patients qu'elle a conduits, sous hypnose, à la recherche de leurs existences passées. À sa manière, elle participait aux joies, aux peines, aux ressentis émotionnels parfois énormes de ses sujets.

Helen Wambach exerçait sa profession de psychologue dans le New Jersey, donnait des cours de psychologie à la faculté et, elle l'écrit, « n'éprouvait nul besoin de se pencher sur sa vie spirituelle. » Un certain jour, visitant un musée quaker, elle plongea dans un état de conscience modifié, revivant avec une grande acuité un épisode appartenant à une supposée vie antérieure. Sa vocation était née.

Quiconque est passionné par le sujet trouvera dans l'ouvrage que je cite une formidable matière à étude. À la différence du professeur Stevenson, le docteur Wambach n'a pas hésité à solliciter la subconscience de ses patients jusqu'à obtenir d'eux le récit de plusieurs vies antérieures, souvent très loin dans le passé. Elle a étudié à fond plus de mille cas.

Ne pouvant recouper les détails vieux de plusieurs millénaires et concernant le plus souvent des êtres tout à fait anonymes, Helen Wambach a défini des critères globaux devant concerner l'ensemble de son vaste échantillon : proportion entre hommes et femmes, répartition en différentes contrées, us et coutumes au travers des âges… Le docteur élimine pour des raisons diverses environ 10 % de ses cas ; elle retrouve dans ses statistiques ce qu'elle était en droit d'en attendre. Par exemple, des sondages montrent que 73 % des humains préféreraient être hommes plutôt que femmes. Quels que soient ses sujets, elle demeure constamment très près d'un fort logique 50-50. La proportion des supposées régressions « prestigieuses » est infime ; au surplus, les rares puissants ne sont pas les plus heureux… Bref, l'étude d'Helen Wambach se présente très cohérente, très fournie, conduite avec un sérieux jamais démenti.

Qu'en conclure? L'auteur expose, en fin d'ouvrage, les choix possibles, depuis le fantasme jusqu'à l'adhésion totale. Et propose son propre modèle: chaque fruit d'un arbre, chaque cellule détient l'information de l'ensemble de l'arbre. Une pomme meurt-elle, celles qui mûriront plus tard connaissent l'information de la pomme les ayant précédées. On devine la suite. Helen Wambach donne l'impression de conclure *a minima,* d'autant qu'elle fait état d'études de l'état d'être séparant deux existences. État d'être extraordinaire qu'elle étudie et se propose de publier. Ce qu'elle n'a pas fait, à ma connaissance.

En tout cas, les notions dérivées de la physique quantique comptent beaucoup dans les explications qu'Helen Wambach propose et se propose.

WAMBACH – DROUOT

Helen Wambach avait, en début de carrière, était très émue par le cas de l'une de ses étudiantes, Sheryl. La jeune fille avait rêvé qu'elle était décapitée, précisé qu'il ne s'agissait pas d'un cauchemar, et accepté en riant l'explication de l'enseignante: « Vous êtes partagée entre le désir de continuer vos études et celui de profiter autrement de votre jeunesse. » Ce qui avait fort amusé les autres étudiants.

Sheryl mourut décapitée lors d'un accident de voiture. Ce qui, abstraction faite de toute émotion, pose le double problème de la prémonition et de l'inéluctabilité du destin. De tels cas abondent, confirmant, l'épisode concernant l'étudiante d'Helen Wambach.

Un chercheur français fort connu, Patrick Drouot, se posait le même type de questions... et pratiquait des expériences analogues. Il vint rencontrer Helen Wambach et, tous deux, mirent au point un protocole devant rester secret. Le postulat en était que l'écoulement linéaire du temps et son ressenti exprimé en moments précis relèvent peut-être d'une illusion humaine; dans ces conditions, pourquoi ne pas essayer de projeter des patients hypnotisés non plus vers le passé mais vers l'avenir, fut-il proche. Ce que les deux chercheurs réalisèrent, ensemble, et ensuite chacun pour son compte. Avec un succès total. Et un pronostic confirmé pour 90 % des sujets: la Terre de l'an 2025 avait été atomisée, l'humanité presque détruite. Le secret fut bien gardé, jusqu'à ce qu'intervint un élément nouveau, déterminant Patrick Drouot à rompre le silence en publiant un ouvrage très particulier[37].

Leur constat dûment établi en 1980, les deux chercheurs avaient abandonné ce type de recherche: Si l'avenir est écrit à l'encre très noire, qu'y faire?

Patrick Drouot ne résista pas à la tentation et opéra quelques « progressions sous hypnose » sept ans plus tard. O, stupéfaction, la tendance avait été inversée: la Terre était aussi malade que de nos jours mais nul holocauste atomique n'était intervenu: Drouot travailla jour et nuit, alerta Wambach qui fit de même. C'était vrai, la tendance avait basculé. Pourquoi? Selon les auteurs, parce que des groupes de prières, de méditation s'étaient constitués; des actes d'abnégation et de générosité avaient contrebalancé les horreurs de l'âge de fer. Bref... nous échappions à l'holocauste!

---

37. Patrick Drouot: *Des vies antérieures aux vies futures,* Éd. du Rocher, 1989.

Pour qui accepte ce qui précède – et qui fût confirmé par des centaines d'expérimentations – la notion de « fil de rasoir » s'impose ! Et la possibilité d'autres basculements !

L'humanité ferait aussi bien de consentir un petit effort supplémentaire. Pourquoi ? Je ne m'étendrai pas, mais, je le répète, les voyageurs de la N.D.E. parvenus au 5e stade acquièrent très souvent des dons de voyance. Entendons : de voyance du plus probable. Et quelques-uns de ceux- là se confient aux plus illustres chercheurs de la N.D.E. Certains d'entre eux s'expriment parfois à demi-mots. Pour inciter l'humanité à ouvrir les yeux ? « Ça va peut-être changer à nouveau ». Mais, à l'heure où j'écris (fin 2001), le pronostic est à nouveau très noir. Qui sait, pour un plus grand bien…

Etrangeté florentine

J'éprouve quelque scrupule à imposer au lecteur une nouvelle douche froide en fin de chapitre. Cette douche ne prouve rien ; la douche Wiretjane et la douche Guirdham étaient au moins tièdes. Quoi qu'il en puisse être, de la première à la dernière page de la précédente étude, nous oscillons entre la forte présomption affirmative et le doute. Alors…

M. Charly Samson, l'un de mes amis, n'est pas un fanatique de la réincarnation. Il m'a conté un assez joli cas donnant à réfléchir. L'un de ses amis, hypnologue, a eu à traiter un ancien ouvrier presque illettré, n'ayant jamais éprouvé d'intérêt pour les arts, la culture, l'histoire etc. Sous hypnose, ce monsieur retrouvait une existence vécue à Florence, au XIVe siècle ; il donnait une foule de détails : noms de personnes, de rues, faits… qu'il fût possible de vérifier pour la plupart. La preuve absolue ? Un certain jour, les héritiers d'une maison sise entre le domicile de l'hypnotiseur et celui de son sujet dispersèrent le mobilier et la bibliothèque. Une personne au courant de cette étrange histoire acheta un très vieux livre consacré à la vie à Florence au XIVe siècle, livre que l'hypnotiseur ne connaissait pas et que jamais, au grand jamais, l'hypnotisé n'aurait songé à lire. Au surplus, très peu ou aucun exemplaire de cet ouvrage ne devaient rester en circulation. Quelle fût la stupeur du thérapeute : Toute l'histoire, en ses moindres détails, que lui avait contée son sujet figurait dans le livre ! Une seule hypothèse restait plausible : le sujet avait lu au travers des murs et à distance !

Un tel fait présente des analogies avec un début de N.D.E., lorsque le sujet voit à bonne distance des secours s'organiser. Dans les deux cas, la conscience perd de son emprise sur des informations subconscientes. Il est permis d'évoquer aussi les champs morphogénétiques de Sheldrake.

Des ressentis très banals : des flasches, des impressions de déjà vu peuvent évoquer des souvenirs d'avant l'existence présente. Ils peuvent aussi s'expliquer de manière très simple par la remontée de souvenirs de la présente vie, refoulés dans le subconscient. Certains neurologues évoquent de petites crises d'épilepsie ; en admettant que tel soit le cas, nous en revenons quand même à l'alternative souvenir de la présente vie ou d'une autre : si la crise obnubile plus ou moins le conscient, autre chose remonte à la surface !

Des cas tels celui de Mrs Smith ou de Wiretjane posent un problème d'une autre ampleur, de par l'intensité du vécu et son caractère quasi-obsessionnel. Évidemment, le diagnostic de schizophrénie (dédoublement de la personnalité) vient parfois à l'esprit du psychiatre. Mais d'autres signes de cette maladie ne figurent jamais dans de tels cas, signes particularisant la maladie.

Les sujets concernés n'ont que faire des études et diagnostics : ils savent, ou, du moins, affirment avec une conviction sans faille.

La vérité dépasse probablement le savoir humain actuel. Peut-être des notions touchant aux structures réelles du temps sont-elles en cause. Peut-être aussi l'idée de mondes multiples objectivés par l'observation du vivant. Tout ceci avec bien des points d'interrogation... Peut-être, prenant position pour ou contre la réincarnation, le chercheur se heurte-t-il à une invisible vitre lui coupant le chemin de la vérité. Peut-être un élément comme le caractère infondé de la quadrature du cercle lui échappe-t-il ?

Un élément me semble devoir être pris ici en considération : de grands éveillés, le Bouddha par exemple, ont refusé de trancher en de domaine ; cependant, parvenant au terme de sa recherche, le Bouddha aurait retrouvé « ses » incarnations.

Peut-être, en une telle recherche, en sommes-nous encore à l'époque où le Soleil tournait autour de la Terre. Peut-être, au lieu d'affirmer ou de contester de nouveaux cas – lesquels donneront toujours lieu aux mêmes interrogations – serait-il plus utile de s'interroger sur les structures du temps, l'information partagée par chacune des particules-ondes de l'Univers... Encore que les cas évoqués apparaissent très personnalisés !

Un mot pour clore ce chapitre : Pour qui accepte les régressions – ou certaines d'entre elles – comme réelles, le passé est « écrit ». Par contre, pour qui considère la volte-face des expériences Wambach-Drouot, l'avenir ne l'est pas véritablement. Agression supplémentaire contre le déterminisme ayant longtemps paru évident... et appui, en ce domaine, de la non-causalité de la physique quantique !

CINQUIÈME PARTIE

La lumière

Qu'est-elle donc, cette Lumière qui bouleverse les voyageurs de la N.D.E. au point de les métamorphoser heureusement et spectaculairement, leur ouvrant les portes de l'Éternité, ici et maintenant ? Cette Lumière que recherchent les contemplatifs de tous les temps, de toutes les cultures, se réclamant ou non d'une religion particulière ou d'une religiosité universelle ? Cette Lumière qui, parfois, est donnée à qui ne l'attendait certes pas ?

Pour les voyageurs de la N.D.E., trois réponses reviennent souvent : La Lumière, Le Pur Amour, Dieu. Dans ce dernier cas, deux variantes s'expriment : la représentation que leur culture leur proposait de Dieu, ou de son plus éminent messager ; beaucoup plus fréquemment, Dieu tout simplement, le voyage gommant les particularismes et ouvrant généralement sur l'universalité de la splendeur qu'ils ont connue. Et qu'ils continuent de ressentir, bien présente, en leur intériorité profonde.

Pour un chercheur spirituel asiatique, ce sera la Lumière de la vérité en soi. Pour un chercheur spirituel se réclamant du « Livre », ce sera Dieu. Encore que, dans ce cas aussi, les différences tendent à se gommer. D'autant plus que l'expérience est allée loin.

Certains ésotéristes n'ayant pas accompli le voyage évoqueront « le Soi supérieur que les religions ont identifié à Dieu ». Jung, qui n'était pas ésotériste mais qui avait accompli le voyage allait dans ce sens. Il est vrai que, psychologue et philosophe de grand talent, il usait de sa science, la superposant à l'expérience vécue.

Je vais citer à la barre deux auteurs contemporains et toujours en brillante activité. L'un propose une solution extrêmement originale ; l'autre en suggère, me semble-t-il, une autre, à l'usage des chercheurs ayant ajouté un peu d'intuition à l'aspect intellectuel de leur recherche. Ni l'un ni l'autre n'ont été les premiers à formuler leur hypothèse. Pour l'un, elle est dite et répétée à longueur d'ouvrage, pour l'autre, elle est suggérée en trois points de suspension. Mais l'un et l'autre conduisent leur enquête avec une conviction percutante chez l'un, nonchalante et très documentée chez l'autre. Et avec bien du talent dans les deux cas.

Et pour trancher entre les deux ? Pour proposer mon propre avis au lecteur ? Précisément, je dois un aveu au lecteur. Depuis ma lointaine enfance et encore maintenant, je nourris une incoercible passion (littéraire, littéraire !) pour une dame et pour un personnage de roman internationalement renommés. Des noms ? Agatha Christie, Hercule Poirot. Je m'abriterai donc derrière ces deux autorités pour conclure. Dans *Le crime de l'Orient-Express,* le célèbre détective réunit, au dernier chapitre, les douze occupants d'un wagon Pulmann en lequel un crime a été commis. Douze, le nombre des membres d'un jury, celui d'un peloton d'exécution aussi. Les douze étaient coupables mais un tribunal non prisonnier de lois contraignantes les eut acquittés, voire même félicités. Poirot leur donne à choisir entre la véritable solution et une autre qui les innocentera tous, en imputant le crime à un rôdeur d'autant plus introuvable qu'il n'a jamais existé. Le directeur de la compagnie tranche… dans le sens que voyageurs-justiciers et lecteurs souhaiteraient évidemment.

Eh bien, je formulerai deux conclusions. Toutes deux au conditionnel. En n'ignorant certes pas qu'une troisième veille, éclatante, que je n'aurai peut-être pas su imaginer.

Retour à la Source

Jean-Paul Bourre a donc écrit *Voyage au centre de la vie*[38]. Il doit beaucoup à Einstein, un peu aux spécialistes de Saclay pensant avoir découvert certaines particules-ondes très particulières, et même à l'univers cyclique de la tradition hindouiste.

Le temps, qu'est le temps ? La civilisation chrétienne nous le montre linéaire. Création, passé, présent, futur, fin des temps se succèdent. Encore que le présent, sitôt émergeant du passé, soit englouti par le futur, ce à quoi même Lamartine n'a pu opposer qu'un vœu sous forme d'hémistiche : « O, Temps, suspends ton vol »… sans résultat aucun. Le poète en tira les conséquences : « Il coule et nous passons. »

L'Antiquité grecque, l'hindouisme et Jean Cocteau (dans son chef-d'œuvre *L'Éternel Retour*) envisagent ou envisageaient un temps cyclique. Avec deux variantes possibles : un éternel retour

38. Jean-Paul Bourre : *Voyage au centre de la vie*, Éd. Flammarion, 1993.

pur et simple, ou, plus souvent un progrès (?) intervenant d'un cycle au suivant. Les astrophysiciens, minoritaires, estimant que la gravitation prendra le pas sur l'expansion résultant du Big-bang, envisagent aussi une sorte de temps cyclique comportant, pour quelques rares originaux parmi eux, une inversion de la flèche du temps. Terme pompeux signifiant que, peut-être, dans l'univers, l'eau ira de l'océan à la source et le vivant du dernier soupir à la conception. Ceci dans quelque cinquante ou cent milliards d'années, rien ne presse!

Einstein nous a ouvert une nouvelle vision, celle que réclamait Lamartine: le temps cesse de couler dès lors que l'on accède à la qualité de photon. Einstein, assisté pour ce qui nous concerne, par Charon, nous propose de vieillir moins vite en concentrant notre organisme jusqu'à la dimension d'un très petit grain de poussière. D'où une densité fantastique, un ralentissement du temps (Einstein) ou l'induction d'un temps cyclique (Charon).

Ayant assimilé ce qui précède et, certainement, d'autres éléments encore, Jean-Paul Bourre[39] a frappé très fort.

Les physiciens atomistes de Saclay, et d'autres centres ensuite, ont réussi à produire des tachyons, particules-ondes se déplaçant plus vite que la lumière. Ceci dans des conditions de pression et de température extraordinaires. Les photons sont produits dans des conditions plus banales: par le fait de la fusion nucléaire permanente d'éléments légers constituant le Soleil et les autres étoiles. Cela dit, il est loisible de produire des photons en grattant une allumette! Qu'ont de si particulier les tachyons de Saclay? Ils se manifestent avant d'être créés. Ils se déplacent, oui, vers où, vers quoi? L'expérience et la logique se rejoignent ici: ils

39. Jean-Paul Bourre: *Voyage au centre de la vie*, Ibid.

se déplacent vers le passé ! Les 299 792 km par seconde constituant le non-temps de la lumière, la vitesse très supérieure des tachyons a de bonnes chances de constituer un véhicule très particulier, remontant le cours du temps. Et nous en venons aux N.D.E.

Les tachyons de Saclay ont été obtenus dans des conditions très particulières, c'est vrai, mais n'existerait-il pas une « allumette » capable de les libérer le plus simplement du monde ? Nous ne pourrions certes pas les observer par des moyens actuellement connus puisqu'ils nous croiseraient dans le Temps à une vitesse hors de toute définition. Jean-Paul Bourre postule que notre conscience est faite – pour sa part spirituelle – de tachyons retenus prisonniers par notre existence biologique. Une N.D.E. survient-elle, notre existence biologique vacille et ces fameux tachyons amorcent leur libération. Mourrons-nous, le processus va à son terme. Et quel est ce terme ? Ou, plutôt quand se situerait cet état de pur amour et toute union où aucune séparation n'est encore intervenue ? À la Source, nous disent les traditions ; mais en langage scientifique actuel ? Encore l'œuf de Christophe Colomb : au Big-bang originel, alors que l'Esprit n'est pas encore morcelé. Nombre de philosophes ne proclament-ils pas que nous vivons dans la temporalité, mais que, dans l'Absolu, l'origine, la manifestation et son achèvement se confondent en un même éternel présent. Hypothèse hautement farfelue ? Voyons la suite.

Je soumis la thèse de Jean-Paul Bourre à une amie hautement instruite de bouddhisme non destiné aux masses. Elle n'avait pas lu l'ouvrage en question. J'attendais un franc éclat de rire ; j'eus droit à un regard sérieux, profond. Et à un constat doublé d'une interrogation : « Tiens, un auteur occidental a émis cette idée ! Que dirait-on si un bouddhiste s'adressant à des Occidentaux écrivait la même chose en d'autres termes ? » J'en demeurai pantois !

Somme toute, pour un bouddhiste, au terme d'une incarnation, ce qui est, en nous, un Bouddha en puissance, prend un bain de « Source ». Il y demeure, rarement, sa mission et sa purification étant accomplies et son éveil obtenu. Et, plus souvent, il repart vers le bardo conduisant à une réincarnation. Toujours pour les bouddhistes, ayant appris autre chose que ce qui est donné aux masses, le Dieu du présent cycle est en devenir. C'est à peu près ce qu'écrivait Teilhard de Chardin. Alors, une visite à la Source, une adhésion définitive pour qui a su accomplir sa mission et enrichir la Source, ou bien alors un retour, fort d'un nouveau baptême à la Source, en attendant – ce qui est déjà dans l'Absolu – un retour définitif?

Les gnostiques chrétiens et leurs successeurs les cathares pensaient, semble-t-il, à peu près la même chose!

Me voici devant ma première proposition de conclusion. Existe une Source immobile. Elle est pur amour car elle ne peut être divisée. Elle est l'Un. Éternelle dans le véritable sens du terme. Cette source engendre un – ou des milliards – d'univers. Catastrophe cosmique (Zarathoustra, la gnose, les cathares) ou propriété de la Source tout à la fois immobile et créatrice, ce qui rejoint la transcendance-immanence prêtée à Dieu en maintes religions. Tout se passe comme si des émanations contribuaient à créer un Univers, Dieu en devenir (Teilhard de Chardin, le bouddhisme). La mort physique survenant, certaines de ces émanations reviennent à la Source, dans le sens littéral du terme, à l'Un de pur amour, rayonnant dans la splendeur du premier milliardième de seconde, splendeur soutenable par « les yeux de l'esprit ». Le mur de Planck est-il dépassé? Question oiseuse. Il s'agit d'un retour à l'Un originel, concept appuyé sur des arguments scientifiques évidemment très nouveaux. Une telle conception de la Lumière rend compte de la revue de vie à rebrousse-temps accompagnant souvent l'agonie, peut-être de la plongée dans le tunnel du temps, de la rencontre d'entités égarées entre deux mondes. Et qui sait, de la splendide Lumière rencontrée au terme du voyage.

Le non-rejet de mon amie bouddhiste avertie m'a permis de vaincre l'appréhension accompagnant l'exposé de cette hypothèse. Jean-Paul Bourre prend appui sur les connaissances scientifiques actuelles, elles évolueront. Néanmoins, il apparaît qu'un pont s'établit actuellement entre la religiosité humaine innée et ce que la science de pointe découvre progressivement.

Les points de suspension

Ayant accédé à la renommée par ses livres romancés sur les fourmis, Bernard Werber s'est ensuite consacré à un tout autre sujet en écrivant *Les thanatonautes.*[40] Il sonde en ce livre le grand mystère des voyages suivant la mort.

Le président de la République, Lucinder (!) a vécu une N.D.E. ; il persuade son ministre de la Recherche de consacrer un budget important et secret à l'étude de la mort et des mystères la concernant. Cela tombe bien pour le jeune professeur de biologie Raoul Razorbak : son père, « savant philosophe », s'est suicidé, et son fils voudrait le retrouver où qu'il soit. Le savant philosophe travaillait à une thèse prodigieusement documentée sur « La mort, cette inconnue » ; des extraits parsèment le livre, ce qui nous permet de connaître les traditions, mythes, coutumes de très nombreuses civilisations et religions au fil des âges. Admirant

40. Bernard Werber : *Les Thanatonautes,* Éd. Albin Michel, 1994.

l'érudition de Francis Razorbak, nous admirons évidemment celle de Bernard Werber. Le professeur de biologie convoqué par le président de la République accepte d'enthousiasme la mission qui lui est confiée : explorer le territoire des morts. Son compagnon d'études, le médecin anesthésiste Michel Pinson, accepte, bon gré, mal gré de le seconder. La ravissante infirmière Amandine complète l'équipe. Comment procède-t-on ? C'est très simple.

À Fleury-Mérogis, l'on recrute des volontaires ayant à purger de lourdes peines : 284 ans pour Félix Kerboz par exemple. Quelques-uns se portent volontaires ; ils mériteront ainsi une réduction de peine, voire une amnistie générale. À quel prix ? Rien de plus facile, le docteur Pinson leur administrera un « booster » de sa façon en intraveineuse ; ils entreront dans le coma ; on les rappelera à la vie et ils raconteront leur voyage. Enfantin. Un petit doute s'installe chez les médecins, le président et les prisonniers lorsqu'une centaine de détenus sont partis pour de bon, un autre est revenu à l'état de légume, un autre encore complètement fou furieux. Pourquoi ces échecs répétés ? Parce que les voyageurs préfèrent ne pas revenir, estime le docteur Pinson. Qu'à cela ne tienne, l'infirmière Amandine trouve l'argument qui motive Félix Kerboz, lequel n'a jamais étrenné sa virilité.

Kerboz revient. Il a voyagé en compagnie de véritables morts vers une lumière « qui lui causait ». Il ne souhaitait pas revenir mais la promesse d'Amandine l'a emporté sur l'appel de la lumière. Kerboz repart et revient. Il obtient une amnistie totale : il a exploré une région radieuse où son corps ne lui pesait plus. Il s'est arrêté devant un tunnel. Après plusieurs voyages, Kerboz confirme l'existence d'un mur à coma plus 21 minutes : Moch 1. Kerboz franchit le mur… mais ne souhaite pas revenir.

Stéfania, italienne et bouddhiste tibétaine, ajoute la méditation aux boosters. Elle explore le deuxième ciel jusqu'à Moch 2. C'est un territoire où le voyageur est assailli par ses souvenirs, bons ou mauvais. Avant elle, Jean Bresson en était revenu désespéré et s'était cloîtré, espérant ne rencontrer la mort qu'à un âge extrêmement avancé.

Le troisième ciel est celui des jouissances érotiques. Stéfania « s'envoie en l'air » et revient après avoir repéré Moch 3.

Rose Solal, astrophysicienne (et future épouse du Dr Pinson) se joint à l'équipe. Elle entend situer le paradis dans le cosmos. Des instruments électroniques permettent de suivre le prochain vol de Stéfania. Le paradis est situé au trou noir marquant le centre de la galaxie. À vingt-sept minutes après le coma. Entre Moch 3 et Moch 4, quelques milliards de morts attendent patiemment la suite de leur aller simple. Notons au passage que l'auteur a fait l'impasse sur le mur de la vitesse de la lumière. Le signal radio qu'il a imaginé aurait pris des dizaines de milliers d'années avant d'être perçu depuis le centre de la galaxie. Qu'importe ?

La situation se complique : dans tous les pays du monde, des thanatonautes partent en conquérants ou en promeneurs du dimanche dans le continent des morts. Les voyageurs risquent fort de se faire couper le cordon d'argent les reliant à leur corps terrestre.

Le cinquième territoire est celui de la force, de la puissance. Plus de mystère ici. C'est le vrai jardin d'Allah, le paradis des chrétiens… Moch 5 en marque la limite.

Le sixième territoire est insupportable de beauté. Il est bien tentant d'essayer de l'assimiler, et de ne pas redescendre.

Rose, épouse du Dr Pinson, est assassinée. Ses amis, avec à leur tête le rabbin Meyer, se forment en escadrille et volent à sa poursuite. Ils franchissent Moch 6 et parviennent en un lieu enchanteur inondé par la Lumière émanant d'une mystérieuse montagne. En ce lieu, les archanges Michel, Gabriel et Raphaël procèdent à la pesée des âmes. Les très jeunes (moins de cinq cents incarnations) ont peu de chances d'accéder à l'état de pur esprit. Pour les autres, intervient le karma évalué selon un inénarrable barème de points : Bernard Werber a déployé ici tout son humour ! Rose est autorisée à revenir sur Terre, des humains ayant accompli un tel voyage pour la récupérer.

Rose, Michel et Raoul accèdent au rang de grands initiés, visiteurs bien connus des archanges ; Stéfania, sur Terre, œuvre pour rendre sa puissance à un autre archange indispensable, Satan. Celui-ci, en effet, est fort ennuyé : les humains ne songent qu'à leur karma et la vie terrestre devient insipide.

Rose et Michel meurent tout de même réellement. En leur qualité de grands initiés, ils échapperont à la pesée des âmes, mais devront encore se réincarner. Avant de boire la liqueur de l'oubli, ils sont autorisés à contempler le fond du paradis… puisqu'ils n'en conserveront pas le souvenir. Michel s'exprime : « Soudain, je comprends tout. Comme nous étions loin du compte. Personne n'aurait pu s'attendre à ça, forcément. Fabuleux, c'est simplement fabuleux. Ce n'est pas du tout ce que je croyais. J'en tremble d'émotion. Maintenant, je sais. De l'autre côté de la mort, il y a… »

Bernard Werber termine sur ces points de suspension.

Le secret

Les N.D.E. existent, nombreuses, indéniables. Et aussi des états comparables atteints hors de toute imminence de la mort. Vivre de telles expériences jusqu'à leur phase essentielle, la communion avec la Lumière, apporte un bouleversement dans le ressenti du voyageur. Tenter une conclusion sur un tel sujet est audacieux, et, en tout cas, aucunement définitif, dans la mesure où des connaissances scientifiques nouvelles ne cessent de compléter les données de l'analyse. Un puzzle nous est offert. Il est fait d'expériences, de savoirs scientifiques, d'enseignements religieux plus ou moins exotériques, plus ou moins ésotériques. Il est au moins permis d'inventorier les pièces constituant ce puzzle, lesquelles se superposent assez souvent.

L'Univers, tel que les scientifiques le conçoivent aujourd'hui, non plus que la vie, ne peuvent pas être dûs au hasard. L'Univers actuellement observable serait né (ou re-né ?) voici douze à quinze milliards d'années, à partir d'une explosion originelle, le Big-bang. Son expansion continue depuis lors et durera des milliards d'années encore. Il est impossible de prévoir si cette expansion se poursuivra indéfiniment (thèse favorite) ou si une phase de contraction lui succèdera, conduisant à un *Big-crunch.* Au sein de cet Univers, il est assuré que la capacité énergétique totale se dégrade continuellement (l'entropie) et il est probable qu'une information ne cesse de croître (la néguentropie). Au sein des milliards de milliards de systèmes solaires formant l'Univers, il apparaît hautement probable que la vie s'est développée sur de très nombreuses planètes. L'Univers apparaît à certains physiciens comme un hologramme, au sein duquel chaque particule-onde connaîtrait toute l'information (concept à préciser) de l'Univers.

Pratiquement toutes les religions – certaines le disant, d'autres le laissant plus ou moins deviner, d'autres en réservant le savoir à une très peu nombreuse élite – ont donné à entendre que l'humain pouvait, dans certaines conditions, se dépasser, s'ouvrir à une connaissance de Dieu ouvrant sur une béatitude indicible. Certaines religions expriment nettement un panthéisme, d'autres expriment l'idée d'un Dieu transcendant et immanent à la fois (ce qui revient presque au même), d'autres expriment ouvertement l'idée d'une impossibilité à concevoir l'idée de Dieu, mais s'attachent à l'Éveil de leur élite. Il est assez aisé de comprendre comment sont intervenues des simplifications, édifications de mythes etc. mais une certaine Tradition universelle s'exprime toujours, sous des formes plus ou moins adaptées à l'entendement des masses.

Le salut, tel qu'exprimé par les plus spiritualistes des religions, consiste en l'union illuminatrice de l'humain avec le principe spirituel, divin, qui cohabite avec lui durant l'incarnation. De telles noces spirituelles seraient à rechercher au long de l'existence (l'Éveil) ou se manifesteraient lors des N.D.E., au moins celles poussées jusqu'au stade ultime. La notion du jugement n'y est pas en tant que telle ; compte une possible élévation de l'humain jusqu'au divin. Le double spirituel est exprimé partout : Ego et Soi, corps de boue et esprit intact en Dieu, corps physique et Jîva. La notion chrétienne d'ange gardien peut être regardée comme allant dans ce sens. Tout ceci avec des nuances.

Sur un plan philosophique, l'incompatibilité entre l'Absolu et le relatif semble évidente… bien que difficilement explicable. Tout au moins, l'histoire de la philosophie n'a-t-elle jamais cessé de le proclamer. Les travaux d'Einstein ont ouvert une brèche dans cette barrière en montrant le paradoxe d'une lumière annulant, pour ce qui la concerne, le cours du temps, existant en une éternité immobile, mais observable dans la temporalité. Comparer cet acquis scientifique avec l'idée d'un Brahman absolu, immobile, mais se manifestant dans la temporalité est, évidemment, hardi. Mais pas nécessairement stupide. Et puis… les connaissances humaines n'en sont probablement qu'à leurs balbutiements !

Une question se pose ici : conscience cosmique est-elle synonyme de conscience de la « manifestation de l'Absolu dans le relatif » ? Bien entendu, une telle formulation a de quoi choquer ; néanmoins, il est au moins permis d'en examiner le concept, même s'il souffre d'approximation et d'incomplétude.

Une évidence – sauf pour les incurables sceptiques – se fait jour : un Éveil, une N.D.E. allant jusqu'à la rencontre de la Lumière, sont une union du « je » terrestre habituel et de son double spirituel, que l'on peut qualifier d'esprit intact en Dieu. Peut-on faire état d'une rencontre avec Dieu ? Pourquoi pas… mais un tel débat relève d'une approche exotérique.

Une approche ésotérique se présenterait en nouveau puzzle comportant une question et une ou deux citations (cent citations identiques sur le fond seraient possibles ; elles exprimeraient la même chose, de manière presque identique).

La question : l'Absolu, hors des illusions, est-il fragmentable ?

La citation : j'ai beaucoup évoqué l'Asie. Trop ? Qu'à cela ne tienne, je vais emprunter à la gnose chrétienne, à l'Évangile selon Thomas, pour être précis : Jésus a dit : « Celui qui comprendra le sens de ces paroles ne goûtera pas à la mort. Que celui qui cherche ne cesse jamais de chercher jusqu'à ce qu'il trouve. Et quand il aura trouvé il sera bouleversé. Et étant bouleversé il sera émerveillé. Et il régnera sur le Tout. »

La gnose chrétienne date trop ? Appelons-en à un grand scientifique de notre temps : David Bohm. « La réponse est connue depuis l'aube des temps mais chaque époque doit la reformuler à sa façon. Pour ma part, je dirais que c'est une illusion assez grossière que de voir en chaque humain une réalité indépendante. À un certain niveau nous relevons tous de la même entité. »

À de rares exceptions près, les théologiens et les scientifiques entendent bien demeurer maîtres chez eux. On veut bien les comprendre : en Occident, les religions ont brimé les sciences au long des siècles ; depuis deux ou trois cents ans, les scientifiques prennent leur revanche en faisant voler en éclats des dogmes par trop puérils. Et pourtant – ce que les foules ignorent encore – la science de pointe ouvre sur une religiosité bien éloignée des dogmes véhiculés par les structures religieuses depuis bien du temps.

La barrière structurelle, ontologique, entre Dieu et le vivant doit beaucoup à un homme, Moïse, ne l'ayant probablement pas voulue, au moins aussi pérenne et mondialement édifiée. Jéhovah, qu'il rencontra sur le Sinaï, présentait l'avantage de faire tenir tranquille un peuple juif immature et fort dissipé. Même pour qui veut reconnaître le côté religieux du fait et de ses suites, l'aspect politique et la volonté de puissance terrestre devaient inévitablement s'y ajouter. Pour longtemps ! Aux nuances près, la chrétienté et l'islam ont emboîté le même pas.

Cependant, les exégètes du Zohar, les gnostiques chrétiens de toutes les époques, les soufis de l'islam continuaient à rechercher le divin au plus profond de leur propre être : « À un certain niveau, nous relevons tous d'une même entité. » À vrai dire, l'Asie, globalement considérée, n'avait jamais pensé autrement. Sa vérité, comme celle des Occidentaux que je viens de citer, tient en un mot : *Un.*

Les êtres ayant approché la mort (N.D.E, Éveils) ou en ayant pressenti la nature véritable, ont oublié les dogmes réducteurs. Infiniment plus religieux qu'ils ne l'avaient jamais été, ils entendent relier ce qui est appelé à l'être. Et dont seule l'illusion avait creusé en eux-mêmes la séparation.

De l'autre côté du miroir, il y a…

Ainsi, d'âge en âge, d'errance en intuition ou en révélation bouleversante, va la Quête.

Montségur, 21 juin 2002

BIBLIOGRAPHIE

La compulsion de très nombreux ouvrages n'apportera, en de tels domaines, qu'un complément à une recherche personnelle faite de rencontres, de réflexion, d'expériences vécues, de méditation. Je citerai ici seulement quelques ouvrages de référence parmi les plus accessibles de par leur formulation. Il se trouve que ceux-là semblent aller loin dans la recherche.

Les N.D.E.

Dr Élisabeth Kübler-Ross : *La mort est un nouveau soleil*, Éd. du Rocher ; *La mort, dernière étape de la croissance*, Éd. Pocket ; *Mémoires de vie, mémoires d'éternité*, Éd. J.-C. Lattès.

Dr Raymond Moody : *La vie après la vie*, Éd. J'ai lu ; *Lumières nouvelles sur la vie après la vie*, Éd. J'ai lu ; *La lumière de l'au-delà*, Éd. J'ai lu.

Dr Kenneth Ring : *Sur les frontières de la vie*, Éd. Robert Laffont ; *Projet Oméga*, Éd. du Rocher.

Patrice van Eersel : *La source noire*, Éd. Grasset.

Dr Michaël Sabom : *Souvenirs de la mort*, Éd. Robert Laffont.

L'Éveil – les états de consciences modifiés

S.S. le dalaï-lama : *Méditation*, Éd. Amrita.

C. Griscom : *L'éveil intérieur*, Éd. du Rocher.

Rudolf Steiner : *L'initiation*, Éd. Triades.

Sogyal Rinpoché : *Étincelles d'éveil*, Éd. La Table ronde.

Gopi Krishna : *Kundalini*, Éd. Shambala (USA).

F. Ribaudeau-Dumas : *La lumière de l'illumination*, Éd. Dangles.

La conscience cosmique

Pierre Daco : *Les voies étonnantes de la nouvelle psychologie*, Éd. Marabout.

Khrisnamurti et D. Bohm : *Le temps aboli*, Éd. du Rocher.

Michaël Talbot : *L'univers est un hologramme*, Éd. Pocket.

La science de pointe. *Cette rubrique interfère nécessairement avec « La conscience cosmique ».*

Albert Einstein : *Comment je vois le monde*, Éd. Flammarion.

John Gribbin : *Le chat de Schrödinger*, Éd. du Rocher.

Michaël Talbot : *L'univers, Dieu ou hasard ?*, Éd. J'ai lu.

Jean Guitton, Igor et Grichka Bogdanov : *L'univers, Dieu et la science*, Éd. Grasset.

Les ouvrages cités maintenant intéressent les personnes férues de physique quantique ; la plupart ont été publiés en anglais.

Max Born : *The retless Universe*, Éd. Dover, New York.

Louis de Broglie : *Matière et Lumière*, Éd. Albin Michel.

Max Planck : *The philosophy of Physics*, Éd. Norton, New York.

Werner Eisenberg : *Physique et philosophie*, Éd. Albin Michel.

Paul Dirac : *Directions in Physics*, Éd. Wiley, London.

La réincarnation

Dr Raymond Moody : *Voyage dans les vies antérieures*, Éd. J'ai lu.

Patrick Drouot : *Des vies antérieures aux vies futures*, Éd. du Rocher.

Dr Helen Wambach : *Revivre le passé*, Éd. J'ai lu.

Isola Pisani : *Preuves de survie*, Éd. Robert Laffont.

J.-L. Siemons : *La réincarnation, des preuves aux certitudes*, Éd. Retz.

David Lorimer : *L'énigme de la survie*, Éd. Robert Laffont.

Denise Desjardin : *La mémoire des vies antérieures*, Éd. La Table ronde.

Les livres sacrés

Toutes les religions du « Livre » dispensent un enseignement de masse, excluant l'essentiel. Poursuivant la recherche amorcée ici, le lecteur préférera Le Zohar, La Kabbale, des écrits concernant la gnose chrétienne ou les soufis de l'islam, aux textes destinés aux foules.

Les religions asiatiques préservent, elles aussi, leur ésotérisme, mais orientent leurs croyants vers une recherche intérieure. Ces ouvrages ont été publiés par maints éditeurs et le seront encore. Une excellente exégèse en est fournie dans :

Didier Odier et Marc de Smedt : *Les mystiques orientales*, Éd. J'ai lu.

Deux ouvrages traditionnels abordant la problématique de la mort constituent un indispensable viatique : le Livre Égyptien des morts et le Livre Tibétain des morts (Bardo-Thödol). Le premier préserve certains mystères, le second préfigure les N.D.E. en une tonalité ouvrant sur un certain solipsisme.

Entre deux mondes

Il est de très nombreux ouvrages dont le propos est de décrire la vie entre deux vies. Le plus classique demeure, avec bien des réserves.

Allan Kardek : *Le livre des esprits*, Éd. Dervy.

Vers la lumière

Sur l'analyse de la Lumière des N.D.E., j'ai pris deux ouvrages en référence.

Jean-Paul Bourre : *Voyage au centre de la vie*, Éd. Flammarion.

Bernard Werber : *Les thanatonautes*, Éd. Albin Michel.

Il existe d'autres ouvrages, très sérieux, proposant une même tentative d'analyse. La plupart se réclament d'une religion bien précise et le « credo » de leurs auteurs influence leurs propositions.

PROCHAINES PARUTIONS

Stéphane Bosso
Le maître des bombes
Nouvelles

Pierre Svetovlasky
L'Inaccompli
Roman

Cyrille Lachêvre
L'hôpital
Roman

Daniel Even
Mars, aller sans retour…
Science fiction

Catherine Dautel
Ville en fleurs, Angoulême, etc.
Essai

Jean Audoli
Heureux les pauvres
Roman

Jean-Claude Cassier
Les Cinq Auberges
Témoignage Chrétien

Serge Lambolez
La Madone d'Erleking
Roman

Marie-Claude Zeisler
Moi, Jehanne captive...
Récit

Josette Brignon
La tache d'encre
Roman

Camille Mouhat
Recouvrance
Récit

Jean-Claude Portal
Le perisprit
Science fiction

Ce livre a été édité par les Éditions Thélès
5, rue de Castiglione – 75001 Paris
Téléphone : +33 (0)1 53 45 27 63
Télécopie : +33 (0)1 53 45 27 01
e-mail : theles@libertysurf.fr

Imprimé en France

Dépôt légal 4e trimestre 2002.

ISBN 2-84776-026-1

Achevé d'imprimer sur rotative numérique par Book It !
dans les ateliers de l'Imprimerie Nouvelle Firmin Didot
Le Mesnil-sur-l'Estrée

N° d'impression : 1.432.4832